ビボう六

佐藤ゆき乃

ビボう六

佐藤ゆき乃

ビボう六　目次

1　プロローグ

二条城の上空を、鵺《ぬえ》が飛んでいる。

夜の深い暗闇の中で、まるで天使のような純白の羽根を大きく広げて、鵺はしなやかに強く羽ばたく。町をすみずみまで眺めるように、ゆるやかにまわりながら、のびのびと飛び続ける。

鵺は、遠い過去をぼんやり追憶していた。それはたとえば、自分が少女だったころのこと。しかし、もうほとんどなにも覚えていない。残っているのは、夜のイメージ。どこまでも深く優しい世界の、胸がときめくような静けさ。

眼下に広がる町の片隅で、白いかえるが一匹、跳ねている。鵺の視線は、そのかえるにじっと注がれる。しばらく目で追いかけて、鵺はないた。透明な水流のようにはてしなく澄んだその声を、かぎりなく正直に、純粋無垢のまま、夜の町に何度も響かせる。

鵺の中で、とりとめのない抽象がいくつも浮かんでは消え、浮かんでは消えた。輪郭を持たない薄ぼけたファンタジーが、細く長い吐息になって体外へ流れ、やがてすべてが闇に溶けていく。どこか懐かしい体感。しかし、鵺はもう、なにも思い出さない。

遥か遠くの地面から、鋭い弓矢が放たれた。その矢は、あまりに正確に、まるで標的に吸い寄せられてでもいるかのように、鵺をめがけて飛んでくる。

やがて、弓矢は鵺ののどに突き刺さった。そのとき、ようやく呼吸が止まる。悲しみと安堵の入り交じった最後の声。鵺はそのまま、ふらふらとしばらく夜空をさまよって、やがて、力尽きて墜落《ついらく》する。落ちていく。静かに落ちていく。

ぱしゃん、と涼やかな音を立て、鵺の身体は、二条城の堀に着水する。そして、そのまま水中へと沈む。どこまでも、どこまでも深く沈んでいく。

朦朧《もうろう》とする意識の中で、鵺はまどろみ、夢を見ていた。昼間の反対側にある、さかさまになった京都の夢。かの優しい町では、いつまでも永遠に夜が続く。そこへ行けばきっと、鵺は、ようやく安らぎを得られる。

鵺は沈んでいく。どこまでも、どこまでも深いところまで。その薄いまぶたの裏側に、いつか泣きながら思い描いた、遥か遠くの理想郷を見ている。

2　二条城

眠れない夜は、二条城のまわりを周回します。

エイザノンチュゴンスは、散歩を愛する怪獣です。特にこの京都という町は、たとえば愛らしい花だけを摘《つ》んできて、瀟洒《しょうしゃ》なブーケを作るのと同じ要領で、魅力的な小道ばかりを集めて、それらを縦横に並べることによって構築された町でありますから、散歩をするには最適です。素敵な道がたくさんあって、好ましい角もたくさんあります。足がたくさんある生き物も、大満足の歩き甲斐。エイザノンチュゴンスの胴体からは、六本の足が生えているので、それらをまんべんなく動かして、夜のウォーキングを楽しみます。

エイザノンチュゴンスは、夜風の香りがとても好きです。社会は昼に進み、世界は夜に膨らむ。それでいえば、京都は社会か、それとも世界か？　真夜中に巨大なお城のまわりをぐるぐる歩きながら、ときどきぼんやり考えてみるのです。

もちろん、エイザノンチュゴンスはたいへん長生きの怪獣ですから、理論上の答えはきちんと知っています。世の中は、社会と世界の両輪が等しく回転することで順調に前進するのです。それでも強いて選ぶなら、京都は社会か、それとも世界か。エイザノンチュゴンスの生まれ故郷であるこの町は、そのどちらの色もたいへんに濃いため、究極の二択について思いを巡らせずにはいられないのです。

エイザノンチュゴンスの考えによれば、かつての京都は社会の中心で、そしていまは、世界の根源になりました。たとえばこの二条城が政治の中枢を担っていたころ、この町はたしかに、日本の社会を司《つかさど》る心臓でありました。それから長い時間がたって、幾千の夜を経験することで、京都はいつしか、より深い世界を醸成してきたのです。あるいはさまざまな時間や空間の大きなまとまりにアクセスしやすい、どのファンタジーにも隣接する、碁盤《ごばん》の目状の有機的なユートピアを。

まったく未知なる異世界との接点が、きっとこの町にはあるのです。エイザノンチュゴンスは知っています。京都という場所が舞台なら、思いもよらないできごとも、あたりまえのように起こりうる。ここではいつも、いつまでも、永遠に夜が続きますから、なにかスペシャルなときめきを拾えそうな気配が常に満ち満ちています。だからエイザノンチュゴンスは、この暗い世界が大好きです。京都は、夜に膨らんでゆくのです。

想像もつかないような、とびきり甘くて嬉しい予感。そういう曖昧なよろこびを漠然と探しつつ、お城のまわりを何周もします。そびえ立つ巨大な城はあまりに荘厳で、自分という存在がいかにちっぽけか、毎度しみじみと思い知らされます。その城の大きさはすなわち、かつてこの場所に、とてつもなく壮大なムーブメントがたしかに存在していたという揺るぎない証拠。この過去に対する畏怖《いふ》を思うとき、エイザノンチュゴンスの悩みなど、本当に些末《さまつ》なものだと実感できます。お城のまわりは一周二キロ、その意義深い散歩コースをひとまわりするころには、なんだか胸がすっと軽くなっている気がするのです。エイザノンチュゴンスは、その日常的な救済体験を心から愛していました。

二条城のまわりには、四角い堀がぐるりと巡らされていて、堀は、静かな水をたたえています。エイザノンチュゴンスは、堀を眺めながら歩くのが好きでした。真夜中の水辺では、なにかマジカルな物語が発生しそうな気がして、胸がほんのり高鳴ります。次の角を曲がった先で、きっとなにか、素敵なことが起こるかもしれません。エイザノンチュゴンスは知っています。京都には、角がたくさんあるので、素敵なことが起こりやすいのです。

「おや？」

長いまっすぐな道の先、歩道とお城を区切る豊かな生け垣の内側に、なにやら、大きな黒い影が落ちています。ここはもう目をつぶっても歩けるくらい繰り返し散歩しているのですが、まったく見慣れない光景です。

不思議に思いながら、その節足をせっせと動かし、もう少し近づいてみます。

するとやがて、それはなにやら、人影のようなものらしいということがわかります。これはずいぶん奇妙なことでした。生け垣の向こう側の草むらも、さらにその奥にある堀も、言うまでもなく立ち入り禁止です。過去にはこの堀に入水するケースもときどきあったようですが、それもうずっと大昔のことで、忘れっぽい怪獣のエイザノンチュゴンスは、そのころのことを、もうほとんど覚えていません。いずれにせよ、あんなところに誰かが倒れているということは、おそらく非常事態だと判断します。

心配になったエイザノンチュゴンスは、そろりそろりと近づいて、とりあえずは生け垣のこちら側、歩道に立ったまま、その影に声をかけてみることにしました。

「すみません、大丈夫ですか?」

返事はありません。ますます不安が募《つの》ります。

「おーい。おーい、どうされました?」

やはり微動だにしないので、エイザノンチュゴンスは思い切って、生け垣を乗り越えることにしました。通常時であれば許されざるルール違反です。町の決まりを忠実に守って生活することは、エイザノンチュゴンスにとって重要なポリシーではありましたが、しかし、こういった非常の場合には、マナーに違反することも致し方ないでしょう。まっすぐに伸ばせば二メートルほどはある長い足を巧《たく》みに動かして、エイザノンチュゴンスは、二条城の生け垣を乗り越えました。

「大丈夫ですか?　しっかりしてください」

その女の人はどうやら、堀の水から上がってきたようで、全身がずぶ濡れでした。草むらにうつぶせで倒れていて、その背中には、まるで天使のような純白の羽根がついています。羽根はわずかに上下しているようにも見えましたが、しかし、とりあえずお顔を拝見しないことには、無事かどうか判断がつきません。そこで、初対面ゆえにためらいながらも、こわごわその肩にふれ、仰向けになるように、静かに身体を反転させます。

頬はずいぶん青白く、唇は薄い紫色をしていました。夏の盛りの京都でもやはり、堀の水は冷たかったのでしょうか。というか、まさか入水を？　しかし、令和の世の中で、お城の堀に入水なんて流行りません。それにしても大丈夫なのでしょうか。おろおろしながら、また声をかけます。

「お嬢さん、お気をたしかに」

ためらいつつ、普段は主に手として使っている一番前の足をぎこちなく動かして、頬にふれる寸前まで伸ばします。

その途端、彼女は小さく唸《うな》りました。驚いて、慌てて手を引っ込めます。よかった、まだ生きているようだ。エイザノンチュゴンスはひとまずほっとしました。

女の人は、眉間《みけん》に皺《しわ》を寄せたのち、ゆっくりとその両目を開けました。

「……こんばんは」

『ビボう一、ぢブん　から　あい札　お　スル　こと』

初対面の方と出会ったら、まずは挨拶を。エイザノンチュゴンスは、礼節を重んじることを美徳としています。

しかしながら、その人は返事をしませんでした。まるではじめて夜を見た人のように、何度も目を細めながら、どこに焦点を合わせるべきか迷っておられます。やがて、ビー玉のようなその瞳孔《どうこう》が、右に、左に、また右に揺れて、数回まばたきをしたのちに、ようやくエイザノンチュゴンスを視界に捉えたようでした。

「こんばんは」

とりあえず仕切り直しとばかりに、エイザノンチュゴンスはまた挨拶をします。やはり出会いの場面における第一印象というものはとても重要なのです。ですから、できればその方にも挨拶を返していただきたかったのですが、やはり、そう思い通りにはいきません。

女の人は、驚いたような表情のまま、ゆっくり上体を起こしました。なんだかおぼつかない動作だったので、エイザノンチュゴンスも手伝ってあげます。

「……こんばんは」

それは、注意していなければ聞き逃してしまいそうなほどに小さな声でしたが、しかしたしかに、その人は、ようやく挨拶を返してくださいました。

『ビボう二、😊 が 大じ』

エイザノンチュゴンスは嬉しい気持ちで、にっこり笑顔を浮かべます。やはり、出会いのシーンはこのように、ハートフルなスマイルから始まらなくてはなりません。

「……どなたですか？」

相手方にも微笑みを返していただけることをわずかに期待しましたが、そう都合よくことが運ぶはずもなく。その方は、いまだぼんやりした表情で、不思議そうにこちらに問うてきました。

と、次の瞬間、ふっと視線を外したかと思えば、ご自分の手の甲を眺められます。街灯のわずかなあかりを頼りによく見ると、白いなめらかな彼女の肌の上を、極小の蜘蛛《くも》が這っていました。この虫は、体の形状がエイザノンチュゴンスとよく似ています。もっとも、蜘蛛の足は八本、エイザノンチュゴンスの足はわけあって六本に減ってしまっているので、足の本数は違うのですが。また、エイザノンチュゴンスは体長が一・二メートルほどありますから、エイザノンチュゴンスのほうが遥かに巨大です。

「私は、エイザノンチュゴンスです」

できるだけ親しげな笑みを浮かべて、エイザノンチュゴンスは名を名乗ります。女の人は、すでに蜘蛛が逃げ去った手の甲をもう一度見て、それからまたエイザノンチュゴンスを見ました。何度か交互に視線を動かして、やはり戸惑った様子で、しかし、ぎこちなく会釈をしてくれました。

「エイザ……？」

「エイザノンチュゴンス。覚えにくければ、呼びやすいものに変えていいですよ。ゴンスとでも呼んでください」

なんといっても、名前が長くて複雑なのです。おぼろげな記憶にあるかぎり、名乗っていたもので一番古いのは「比叡山の僧・智籌《ちちゅう》」という名でした。しかし、どうにも言いづらかったので、先の怪獣ブームをきっかけに、ちょこちょこ改良しています。あのころ、押しも押されもせぬ超人気者だったゴジラやウルトラマンに夢中になって、自分の名前も怪獣風に「ヒエイザンノソーチチュゴン」とアレンジしてみました。また、そのあとに起こった恐竜ブームの際には、「ザウルス」の響きにあこがれて、今度は「ヒエイザノソーチチュゴンザウルス」に変更。しかし、これはこれで長いので、最近は適当に短縮して「エイザノンチュゴンス」と名乗ることにしています。要するに、もはやなんでも可。ここまで長生きしていると、自分の名前なんかどうでもよくなります。自分自身が素敵な存在であるという自信さえ揺らがなければ、呼称は大した問題ではありません。

「お嬢さんのお名前は？」

たずねると、その人は、ふと不思議そうにうつむきました。眉根を寄せ、しばらく考え込むように目線を彷徨《さまよ》わせたのち、はっとしたように目を見開き、それからまた、聞き取れないくらいの小さな声で教えてくださいます。

「小日向《こひなた》です」

「小日向さん。よろしくお願いします」

ゴンスが右手を差し出すと、小日向さんもその綺麗な手をこちらへおずおずと伸ばしてきて、握手を交わすことができました。出会いの場面としては、ひとまず上々と言えましょう。

「小日向さんは、どうしてあんなところで眠っていたのですか」

小日向さんの服が乾くまで、一緒に散歩することにしました。生け垣を乗り越えて歩道に戻ります。この時間帯の二条城にはほとんど誰もおりませんから、夜をゆっくり満喫することができます。

「どうしてって……」

小日向さんは、しばらく考え込んだのち、やがて首を横に振りました。

「わかりません。目が覚める前のこと、なにも覚えていないんです」

「それは困りましたね」

「ただ……」

それだけ言いかけると、小日向さんは、難しい顔をしながら、両方の手のひらを天に向けました。小指と小指をくっつけて、こぼれていく流体をすくうときのポーズをとったまま、その手の中になにかを見出そうとするように、じっと視線を注ぎます。

「ただ、このくらいの大きさの、白いかえるを探していたんです」

「かえる？」

「そうです。全身が真っ白なかえる。でも、そんな生き物はいませんよね」

「いえ、きっといますよ」

ゴンスはきっぱりと答えました。夜の京都にはなんだっています。想像しうる森羅万象《しんらばんしょう》、魑魅魍魎《ちみもうりょう》のすべてがここではありえます。なにしろ、ゴンスだってこうしてここに存在しているわけですから、それがなによりの証拠です。白いかえるの一匹くらい、きっと見つかるに決まっています。

「それ以外のことは、なにも思い出せそうにありません。かえるの記憶だっておぼろげで、これはいったいなんなのか」

途方に暮れた様子の小日向さん。記憶がすっかりないなんて、それは本当に気の毒です。

「とりあえず、そのかえるを探してみましょうか？　なにか手がかりがあるかもしれません。私もお手伝いしますよ」

小日向さんは、驚いた表情でこちらを見ました。そして、迷った様子で手のひらに視線を戻します。ゆっくりとしおれてゆく手作りのうつわ。その両手がすくいあげたのは、いまのところは、白いかえるの薄ぼけた残像しかないわけですから、とりあえずはそれを追いかけるしかないでしょう。

やがて小日向さんも同じ結論に至ったらしく、静かに手を下ろして、ゴンスと目を合わせました。

「すみません。ありがとうございます」

「お安いご用です。一緒に探しましょう」

ゴンスは知っています。白いかえるの一匹や二匹、きっとこの町のどこかにはいます。だから、小日向さんは大丈夫です。いまは迷子になってしまって、心細いかもしれないけれど、隣にゴンスがついていています。だからもう、安心して大丈夫です。

「お疲れのようですし、今夜はひとまず、ゴンスの家にいらしたらどうでしょう」

「いいんですか？」

「もちろんです。粗末なアパートですが」

小日向さんは、相変わらず困ったような、しかし、少々安堵も混じったような様子でこちらを見ました。ゴンスは、意識して明るく微笑みを返します。するとそのとき、小日向さんははじめて、ほんの少しだけ笑いました。

「ありがとうございます。それでは、お言葉に甘えて」

こうして、ゴンスと小日向さんは、一緒に同じ道を歩くことになったのです。

西大路通《にしおおじどおり》のゆるい坂道を、衣笠山《きぬがさやま》に向かってひたすら上ります。この時間帯になると、もうほとんど誰のすがたもありませんが、ときどき車が通ります。ゴンスは念のため、車道側を歩きました。それが紳士のたしなみというものですから。

「本当はきっと、もっと近道があるはずなのですが。遠まわりしてしまいまして、すみません」

ゴンスは散歩が好きですが、この町の道を覚えるのは苦手です。京都に暮らす方々はどうやら、頭の中にマス目状の地図を広げて、それらを俯瞰《ふかん》で眺めることによって道を把握しているらしいのですが、そんなにも高度なことが、いったいどうしてできるのでしょう。真似しようにもとうてい難しい。ゴンスは、そこを実際に歩いてみた雰囲気や感覚でしか道を覚えることができません。ですからときどき、自分がとんでもない遠まわりをしていることに気づいたりします。そんなときは、なんだか狐《きつね》につままれたような気分になるのです。京都の道は、ゴンスからするとたいへん気まぐれで、アトランダムな運任せの代物です。

「……いつごろから、この町に住んでいらっしゃるのですか」

小日向さんが、相変わらず小さな声でたずねてきました。お互い探り探り、ずいぶんぎこちなくはありますが、とりあえずはなるべく会話を続けようとすることがこの夜のテーマです。

「覚えていません。そのくらい、ずーっと昔からです」

ゴンスは、自分が何歳なのか知りません。あまりにも昔から存在していますから、とても覚えていられないのです。たとえばゴンスは、光源氏とすれ違ったことだってあるかもしれません。それよりもっと前、桓武天皇の治める京で暮らしていた可能性ももちろんあります。しかし、そんなに大昔のことを、いつまでも記憶しておけるはずがありません。過去のことは、順番に忘れてしまいます。ゴンスにとって重要なのは、いつでも、いま、このときだけなのです。

「小日向さんは、おいくつですか？」

「さあ……」

それもやはり覚えてはいらっしゃらないご様子でしたが、ゴンスからしたら、ほとんど生まれていないのと同じくらいお若い方なのでしょう。

「覚えていられませんよね。ゴンスもそうです。一緒です」

ゴンスと小日向さんは、とても忘れっぽくて、過去のことをなかなか覚えていられないという点において共通するようです。そのことがわかり、なんだか無性に嬉しくなりました。友だちを作る手がかりになるのは、お互いの中にある共通項。わずかなものでもいいのです。小日向さんの中にある、なんらかの特徴と一致するものを、ゴンスも持っているのなら。ゴンスと小日向さんは、そこからきっと、友だちになれるはず。

「この角を、右に曲がります。左手にコンビニがあるでしょう。あれが目印です」

北野白梅町の手前、大将軍まで上って来たら、そこではじめて右に曲がります。

「わかりやすいでしょう。とりあえずこの大きな通りをずっと上って、ここではじめて右折。あとはまっすぐです」

角を曲がると、全体にオレンジ色の細い小道が始まります。曲がってすぐのところにベージュの建物があって、地面もところどころ、まるでパッチワークのように、黄土《おうど》色のコンクリートで舗装されています。アパートの玄関灯や、隣接するお寺の壁も柔らかい橙《だいだい》色をしているので、統一感のある明るい色が、ぱあっと一気に目に飛び込んできて、それはなんだか、童話の世界のように可愛らしい光景です。ゴンスは、このあたりの彩色をとても気に入っています。

「……『妖怪ストリート』？」

小日向さんはさっそく、道の端に設置されているのぼりが気になったようでした。街灯のあかりを頼りに、目を細めて文字を読み上げます。

「そうです。このあたりには、怪獣や妖怪がたくさん住んでいるのです。駅もスーパーも近くて便利だし、家賃も安いので、快適なんですよ」

「へえ……」

この通りは商店街ですが、実はアパートもたくさんあります。ゴンスが住んでいるのは、赤いペンキの塗装があざやかなアパートです。

「小日向さんは、妖怪はお好きですか？」

3　猿

「妖怪が好きなんだよ」

達也は、横向きにしたスマートフォンでYouTubeを見ながら言った。

「へえー。どんな？」

声はなるべく甘く可愛く、いちごみるくのキャンディみたいに。でも実際は、せいぜいフルーツトマトくらいの地味な糖度しか演出できない。自分でやっておきながらだいぶ寒い。

正直なところ、妖怪にはちっとも興味はなかった。あらゆる怖いものは苦手だし、そもそも、和のテイストが強いモチーフがあまり好みじゃない。私が好きなのはもっとメルヘンでロマンチックな、たとえばシンデレラ城とかユニコーンとか、お花畑とかふわふわのドレスとか。そういうヨーロッパ的な乙女趣味のもののほうが好きで、だから、この京都という土地の雰囲気にも、正直あまり馴染めていない。

だけど、達也のことは大好き。だから、達也が感じたことすべて、なにもかも共有してほしい。

達也が妖怪を好きというなら、私も今日から妖怪が好き。

「いろいろいるよ。ほら見てこれ。土蜘蛛《つちぐも》だって。体長一・二メートルの蜘蛛。可愛くない？」

「うわ、こわーい。無理無理。こんなでっかい蜘蛛、ほんとにいるの？」

「いるわけないじゃん。妖怪って架空の生き物だから」

ちょっとバカにしたような口調にときめいて、うつぶせに寝転がる達也にくっつく。達也はがりがりに痩せているけど、肌の奥に感じる骨はしっかり太くて大きくて、いかにも男の人だなあと思う。自分より強そうな生き物に甘えるのは心地いい。こんなに怖がる私のことを、一ミリでいいから、可愛いって思ってくれないかなあ。ねえ、達也ももっとくっついて。だけど彼は動画に夢中で、特に私を求めたりしなかった。結局いつも空《から》まわりする。

「え、北野天満宮に、土蜘蛛の墓があるんだって。うちから近いじゃん。行ってみる？」

「絶対やだよ。怖すぎるもん」

また意図的に甘えた声を出してみたものの、行きたくないのは本当だった。達也が真剣に見ている動画はどうやら、京都にすむ妖怪を紹介する主旨のものらしい。おどろおどろしいBGMにのせ、暗い画面の中でさまざまな伝説が訥々《とつとつ》と語られる。登場する妖怪はどれも、動物の剝製《はくせい》のように精巧でリアルな見た目をしており、大げさでなく本当に不気味だった。巨大な蜘蛛が夢に出てきては困るので、枕のほうへ視線をそらす。

「ねえ、もうその動画やめてよ」

「なんで？　いいじゃん別に。うわ、これキモいな」

うっかり画面を見てしまわないよう、寝返りを打って仰向けになる。安いシングルベッドが軋《きし》んだ。天井を見上げる。なぜか四隅が黒ずんでいる。あれはいったいなんの汚れかな。入居してきたときからあったっけ？　でもたぶん、私のせいではないはず。私はもともと綺麗好きだし、達也が居候《いそうろう》してきてからは、さらに意識して部屋を清潔に保つようにしている。

「ねえ、動画止めてってば」

「んー？」

気のない返事。隣に私がいるのにな。そんなことはもう、どうでもいいの？　全然どうでもいいんだろうなあ。冷たい事実だけがここにある。達也は別に私を好きじゃない。愛されていないということはもう、とっくに受け入れたつもりなんだけど、でも、YouTubeにすら勝てないんだなあ。

両手を天井に向かって伸ばす。ちっとも白くも細くもない私の指。関節の部分がごつごつしている。だらしなくむくんでいて、手を見ただけでブスだってわかる。どうしてこんなに醜《みにく》いんだろう。自分が可愛くないというほろ苦い実感が体内にじっくり染みて、疲れ切った細胞たちが、連なりながら順番に壊死《えし》する。

「こいつ気持ち悪っ」

気持ち悪いなあ。怪獣みたいに不細工で、とにかく見た目が悪すぎるのに、わざとらしく甘えた声を出してみようとしたりなんかして。可愛くなれるとでも思ったの？　見苦しい。ああ、いますぐ死んじゃいたいなあ。

「ひなた、見てこれ。この妖怪、めちゃくちゃ気持ち悪いよ」

「やだってば」

「なんでー？　ほら、見てよ」

「怖いのっ」

「怖くないって。可愛いな」

達也が笑った。こっちを向いて、私の目を見て、「可愛い」って言ってくれた。そのたった一言でものすごく嬉しくなって、それはたとえば、突然雲間が切れて日光が差したみたいにあっけなく、不可逆で運命的なよろこび。死にたいのにな。簡単に嬉しくなっちゃうな。私って本当に情けない。死にたい、嬉しい、情けない。恋はいつでも、くだらない矛盾の反復横跳び。

「じゃあ口で説明するよ。鵺っていう妖怪がいるんだって」

「ぬえ？」

達也は携帯の電源を切り、充電器をさして枕元に置いた。掛け布団をめくり、寝る体勢に入るようなので、私も立ち上がって電気を消す。

「夜に鳥って書いて鵺。その妖怪は夜に飛ぶ鳥で、頭が猿、胴体が狸《たぬき》、手足は虎で、しっぽは蛇らしい」

「うわあ、たしかに気持ち悪い」

「だろ。画像で見たら、かなりキモいから」

布団に潜る。本当はもう少し近くに寄りたかったけど、ちょっとでも煙たがるそぶりを見せられたら傷付くから、数センチ分の遠慮を隔てたところに位置取った。

「頭が猿ってことは、ひなたと一緒だな」

「ひどーい。私がバカだってこと？」

「そうだろ。どう考えても」

好きな人にバカって言われると、すごくすごく嬉しい。細くもか弱くもない私でも、庇護《ひご》される対象になれるような気がして。私はあなたよりずっとバカだから、だから、ちゃんと守ってね。いつまでも私を軽んじて、きちんと見下していてほしい。達也が上で私が下。この順番を死守したい。もしも逆転してしまったら、達也はきっと、私のことを簡単に捨てる。

「胴体がたぬきなのも一緒じゃん」

そう言って、達也は私のお腹をさわった。弛緩《しかん》した脂肪にたちまち緊張が走る。貧乳なわりに、たいして痩せてもいないウエスト。ダイエットは永遠に成功しない。

「ねえ、嫌なんだけど」

ほんとは嫌じゃないよ、全然。からかってもらえると幸せ。だってそのときは、達也の中に、たしかに私がいるんでしょ。私のことを考えて、私に向かって、私のための言葉を発してくれるんでしょ。それだけでものすごく嬉しい。極端な話、中身が卑劣な暴言でもいい。大切にして、なんてわがままは絶対言わないから、あなたの意識の片隅の、数平方センチメートルだけ貸して、私の存在をそこに住まわせて。どうかいつまでも追い出さないでね。絶対いい子にしてるから。

「手足が虎で、しっぽは……あれ？　なんだっけ」

蛇だよ。覚えていたけど口には出さない。

「気になって寝れねえよ」

達也は再びスマホの電源を入れた。暗闇を一部分だけ切り抜くように、白い光がぱあっと広がる。

「蛇か。しっぽが蛇ってなんだよ」

「すごいね、鵺。想像しただけで不気味」

「俺、爬虫類は無理なんだよなー。だから、しっぽは削除。かわりになんかほしいのある？」

「えー」

いつの間にか、私は鶴になっていたらしい。しっぽのかわりにほしいもの。

「天使の羽根とか？」

半分冗談、でも半分は本気。私はやっぱり、ファンタジックなモチーフが好きで、できることならいますぐにでも、天使になって空を飛びたい。軽やかな羽根を羽ばたかせて、ここではないどこかへ行きたい。天使に生まれ変わったら、次こそ可愛くなれるのかしら。

「却下。おまえが天使とか、似合わなすぎ」

やっぱりそうか。わかってたけど、そう言われると傷付くよー。私はわりと真剣に、達也の前では、天使みたいな女の子でいたいっていつも思ってるんだけどな。さすがにありえないか。

私の中に咲く花が一輪、また急速に枯れていく。

「うーん、ムキムキの胸筋とかでよくない？　ゴリラみたいな」

「なんでよ」

「似合いそうじゃん。最強の女子プロレスラーみたいになれるんじゃね」

「ひどーい」

達也はそれきり、もうなにも言わなかった。そのまま眠ってしまったようだった。この人は毎晩、電気を消せばすぐ、なんの苦労もなく入眠する。子供みたいだ。いつもわり切れる達也の心。わり切れない私の不安指数。算数はすごく苦手で、九九もいまいち自信がないけど、わり算はさらに難しい。ほとんど必ずあまりが出てしまい、それについて考え続けて、私は今日もなかなか寝付けない。

達也が一言、苦手だと言えば、蛇のしっぽはすぐなくなるのに。私がほしい天使の羽根は、やっぱり、今日ももらえなかったな。残念だけど仕方ない。可愛くない彼女の私が悪い。

そもそも、彼女じゃないのかなあ。そうなのかもってときどき思う。「付き合おう」なんて言われてないし、そういえば、好きってずっと言われてないなあ。なし崩し的に始まって、私ばっかりずっと恋してる。

どうすれば好きになってくれるかな。私の頭はいつもそのことでいっぱいで、いまだって不安でしょうがないし、ちっとも眠れる気がしないのに、達也は隣ですやすや寝ている。すぐ近くにいるはずなのに、はてしない隔絶を感じて虚しい。私だけ、大きな流氷の上に寝そべっているような気がする。達也の好きな人になりたいと願えば願うほど、流氷は大海をするする流れて、達也が眠るベッドから、みるみる遠く離れてしまう。

暗闇の中で目を閉じる。眠る前って、みんなどんなことを考えているのかなあ。この前達也に聞いてみたところ、「なにも考えてないし気づいたら寝てる」らしい。羨ましいなあ。私の頭は猿で、達也よりずっとバカなはずなのに、小さな脳みそで一生懸命、結論の出ないことばかり考えてしまう。

雑念を頭から閉め出して、今夜も妄想を始める。まぶたの裏の暗いスクリーンに集中しようと努めた。結局、寝ようとするときは、自分自身にとってもっとも理想的なシチュエーションを思い描くのが一番いい。

脳天に、国語辞典が振り下ろされる。鈍痛で頭がぐらぐらして、そのまま、綺麗に死んでしまう。

人生で最初の記憶は、たぶん四歳か五歳のとき。私は祖母に育てられた。彼女は教育熱心な人で、その日も、私にひらがなを教えようとしていた。

「ま、み、む、め、も。はい、書いてみて」

えんぴつを握る右手が、不自然に力んでいるため痛い。少しでも持ち方が乱れると、たちまち頭を叩かれるので、いつもとにかく緊張していた。

『ま』を書くときはまず、横棒を二本。そのあとがいつもわからなくなる。まっすぐ下に下ろした縦棒、これをくるんと丸めるとき、どっちの方向に曲がるんだっけ。間違えた瞬間に叩かれることがわかっているので、とにかく恐ろしくてたまらなかった。なるべくゆっくり縦線を伸ばす。カーブの手前、思考力なんかとっくに死んでいる。叩かれるのが怖い、という恐怖心以外なにもない。頭の中は真っ白で、とにかく運を信じるしかない。こっちで合っていますように。おそるおそる縦棒を左に伸ばす。怒られるかも、と思って気持ちが揺れて、そのせいで丸がいびつに歪《ゆが》む。

「よし。次」

『ま』を正しく書けたことに、心の底から安堵する。今日は怒られなかった。ここを乗り越えれば、とりあえず次の文字は大丈夫。『み』、そして『む』。この行は丸めるところが多いので難しい。でも、『み』はお母さんの名前に入っているひらがなだから迷わず書けるし、『む』は昨日間違って散々叩かれたのでもう覚えている。

そこまでは安全に書き終え、続いて『め』を書きはじめる。しかし、ここに来てまた、命がけのギャンブルが始まる。

最後、丸めるんだっけ、丸めないまま終わるんだっけ。

どきどきしながら、ゆっくり線を引く。叱られる予感を、なるべく遠くに押しやりたい。どっちだっけ。わからない。あれ、どうしよう、どっちだっけ、全然わからない。どっちだっけ、たしかこの前も怒られたのに。全然わからない、どうしよう、わからない。

二画目の最後まで線を引いて、そこでえんぴつを持ち上げるかどうか心底迷った。どうしよう、ここで終わったら怒られるかな。叩かれたくないな。恐ろしくて、ぎりぎりまで迷いながら、線をじりじりと延長する。叩かれる未来を少しでも遠ざけたい一心で、そのまま思い切って最後の部分を丸める。『ぬ』。

「違う！」

怒鳴り声とともに叩かれる。頭に大きな衝撃が走る。一回目。

「この前も間違ったでしょう。どうしてそのとき覚えなかったの？　何回教えたら書けるようになるの？」

二回目。三回目。同じところを何度も叩くから、頭の右側がじんじん熱くなる。

「ごめんなさい」

「うるさい。謝りなさい」

どういう意味だろう。黙ればいいのか、謝ればいいのかわからない。どっちなんだろう。必死で考える。わからない。ただ混乱する。どうしよう。どうしよう。

「謝れ！　早く！」

「……ごめんなさい」

四回目。五回目。痛い、というより、ショックで涙が出てしまう。泣くのを我慢できなかったことも悲しい。泣いてはいけないとわかっているのに、どうしてもぼろぼろ涙が落ちる。

「泣くな！　おまえのお母さんもそうだった。だからあんなだめな大人になったんだ。自分が悪いんだから我慢しろ！」

五回目、五回目、あれ、いまので何回目だっけ。もう数えていられない。今日も叩かれてしまった。昨日もこうだった。ということはきっと、明日も、あさっても叩かれる。絶望で前が見えない。ノートが涙で濡れる。どうしていつもこうなるんだろう。

「おまえのお母さん、もう二週間も帰ってこない。娘の世話は全部私に任せきり。どうせまたろくでもない男のところにいるんだ。おまえのことがどうでもいいから」

ごめんなさい。言っても意味がないから虚しい。お母さんと私が犯したすべての罪をまるごと謝罪するための「ごめんなさい」。そんな効力を持つものは、とうてい持ち合わせているはずもない。私の口から出るのは、涙でぐちゃぐちゃに濡れた、小さくて徹底的に無価値な「ごめんなさい」。こんな言葉じゃ許してもらえない。わかってはいるんだけど、でも、じゃあいったいどうしたらいいんだろう。毎日泣きながら途方に暮れる。

「産むだけ産んで、なんにもしない。私はもううんざりだ。毎日血管が切れそうだよ」

全部わからないけど、悲しい、ということだけわかる。泣くなと言われるから、泣いてはいけないんだけど、でも、涙を止めてしまったら、いよいよ自分が消えてしまいそうな気がする。だから泣いてしまう。五回目、五回目、五回目。永久に六にたどりつかない。成長しない脳みそ。バカすぎて毎日叩かれる。私にはなんにもできない。頭が悪くて、泣き虫で、ろくでもない。

「明日も『め』を間違ったら、おまえのこと、山に捨てるからな。反省しろ」

脳天に、国語辞典が振り下ろされる。辞書があんなに重いのは、子供を殴るためだったんだ。頭がぐらぐらする。ノートに鼻血が点々と落ちて、ぼうっと目の前が暗くなっていく。

人生で最初の記憶は、『め』と『ぬ』の区別がつかなかった日。この人に殺される、と思った。

4　天神市

「この人に殺される、と思いましたよ」

アパートに向かって歩きながら、ゴンスは言いました。

「源《みなもとの》頼光《よりみつ》という方の伝承です。京都でさまざまな妖怪を倒したとされる誉《ほま》れ高い人物で、私も危うく殺されかけました」

土蜘蛛退治の伝説は有名です。ゴンスが頼光に殺されそうになったエピソードは、なんとあの平家物語にも記載されているそうです。もっとも、ゴンスは活字を読むのが苦手なので、妖怪の友だちから伝え聞いているだけで、自ら読んだことはありませんが。しかし、あれほど広く知られている書物に自分もわずかながら登場しているというのは、なんだか照れくさい感じがするものです。

「なにか、嫌われるようなことをなさったんですか?」

「いえいえ、決してそんなことはしませんよ。しかし、運命というのは得てしてそういうものです。特に理由なく殺されそうになることもありますよ」

ゴンスの住むアパートが見えてきました。全体が赤いペンキで塗られていて、まるでおとぎ話の挿絵のような彩色です。外観が可愛らしいのが入居の決め手でしたので、小日向さんも気に入ってくださると嬉しいのですが。

「ただ、自分は決して悪くないということを、自分だけでも知っていれば十分なのです」

少なくとも、ゴンスはそう思います。平家物語における「剣の巻」は、言ってしまえば源頼光という人間の武勇伝として書かれた物語ですから、ゴンスははじめから、殺されるべき存在として登場します。すなわち、死のうが別に誰も気にしないのです。頼光の病は土蜘蛛のせいと決めつけられて、ゴンスは殺されかけました。鋭い刀で身体を切られ、もともと八本あった足が、なんと二本も失われ、いまは六本足の怪獣です。切断された足の傷口からは、血がだらだらと垂《た》れました。

しかし、この話を知った読者たちはみな、かの有名な妖怪退治の名刀に関心を寄せるばかりで、ゴンスが流した血の赤さや、足を奪われた痛みや悲しみ、その後の苦労などは誰も気にも留めません。

それでも、だからこそゴンスは、自分で自分の血を大切に思います。六本足の怪獣なりに、六本足だからこそ意味のある充実したライフを送り、この生をまっとうしたいと考えています。自分の命には意味があり、ここにいるだけで尊い存在であるということを、自分だけでも知っていたいのです。死すべき運命に逆らうためには、結局それしかないのですから。

「ここです。このアパートの三階で暮らしています」

「うわあ、可愛い。素敵です」

小日向さんは、とても無垢な声色でよろこんでくださいました。よかった。いかにも女の子が好きそうなカラーリングのアパートなのです。ゴンスもメルヘンチックなものが大好きですから、小日向さんと趣味が合いそうで嬉しい気持ちです。

「こちらです」

申し訳ないことに、エレベーター付きの物件ではないのです。階段を使って三階に上がります。

「だけど、実際には殺されなくて本当によかったですね」

「ええ。もっとも、平家物語の中では私は死んだことになっていて、この近くにお墓もありますよ。ご覧になりますか？」

本当は死んでなんかいないのに、お墓があるなんて奇妙な話です。自分のお墓をお見せしましょうか？　なんて、半ば冗談のつもりで口にしてみただけだったのですが、しかし、小日向さんは意外な反応を見せました。

「ぜひ見たいです。どこにあるんですか？」

「ええと……北野天満宮の近くです。ここからすぐですよ」

「行きたいです。連れて行ってくださいますか？」

「も、もちろんいいですが」

なぜこんなにも土蜘蛛のお墓に興味を示すのか、ゴンスにはわかりませんでした。しかし、それまでずっと控えめだった小日向さんが、はじめて積極的になったことに驚いて、これはぜひ、土蜘蛛塚にお連れするべきだと考えました。

「それじゃあ、行ってみましょうか。たしかに、夜はまだまだ長いですからね」

もう部屋のすぐ手前まで来ていたのですが、ここで引き返して、上ってきたばかりの階段を下りることにします。前を歩く小日向さんが一段降りるたび、背中の羽根が柔らかく揺れました。その軽やかさを見るにつけ、彼女の濡れた服も、少しずつ乾きはじめたのかもしれないなと推察します。

アパートを出て右手に進み、再び夜の町を歩きはじめます。しばらく道なりに行くと、やがて小道のテーマカラーが緑に切り替わり、そこから北野商店街が始まります。その交差点を左に曲がって、宥清寺《ゆうせいじ》という寺院の塀に沿ってしばらく進みます。

「平家物語って、嘘のお話だったんですね」

並んで歩きながら、小日向さんが言いました。

「少なくとも、土蜘蛛退治の章に関しては、大いに脚色されていますね。他の部分はわかりませんが」

ゴンスは、平家物語の作中に描かれている時代もすべて生きていたはずですが、なんせ記憶力が乏しいゆえ、たとえいまから読んでみたところで、その内容がフィクションかノンフィクションかはさっぱり判別がつかないでしょう。しかし、土蜘蛛退治の部分については、自分自身が経験したことですから、さすがにだいたいは覚えています。

「それじゃあ、真実はどんなものだったんですか」

「うーん……。私からすると、当時は天満宮の裏手に住んでいたのですが、あるとき突然、頼光に襲われたという、たったそれだけのエピソードですね。やがて尾ひれがついて、ドラマチックな物語として、かなり大げさになった次第です」

当時の傷痕はいまでも身体に残っています。ゴンスは被害者のはずなのに、世界的に有名な物語の作中で、ひどい悪役として喧伝《けんでん》されてしまって、一時期はひどく落ち込みました。それでも、ゴンスは自分のことが大好きです。たとえ誰かが理不尽にゴンスを嫌っても、ゴンスさえ、ゴンスのことを愛していれば、生き続けることに、それ以上の理由はいらないのです。

「災難でしたね。皆さん、土蜘蛛のお墓を拝むんですか？」

「いえいえ、拝むという感じでもないと思いますよ。土蜘蛛は死んでなお、忌み嫌われていますからね」

「そうなんですか？」

小日向さんはこちらを見て、うっすら悲劇的な表情を浮かべました。まずい。なんの気なしに事実を伝えただけなのですが、まだ年の若い女の子には、少しショッキングな話だったでしょうか。

「土蜘蛛のお墓はどうやら、かなり霊力が強いらしいのです。能や歌舞伎で土蜘蛛の演目が上演されると、なぜか必ず雨が降るとか。それでまあ、お参りに来る方はいらっしゃっても、それは土蜘蛛の死を悼《いた》んでいるわけではないでしょうね。死してなお敬遠されているわけです」

すると、小日向さんはふと立ち止まりました。ぼんやり地面を見つめて、なにかを考えているようです。なんだか悲痛なそのまなざしに、ゴンスは、こんな話はしなければよかったかもしれないと少々後悔しました。

「……やっぱり、そういうものなんですね。死んでも好きになってもらえないなんて」

とても悲しそうな顔。なんと答えていいかわからず、ゴンスもしばし沈黙します。嘘はつきたくないですが、小日向さんを悲しませるのも嫌です。

「少なくとも、土蜘蛛伝説の一連を見るにつけ、そういう場合もあるらしいという程度のことです」

もちろん、亡くなったあとくらい、無条件に愛してほしいという気持ちもわかります。ゴンスはこれから先もまだまだ生きるつもりですから、自分の本当の死後のことなどはほとんど想像したこともありませんでしたが、しかし、よくよく考えてみれば、死してなお嫌われ者であり続けるということは、かなり絶望的なことに思えます。

「しかし、生きている間に愛されたなら、それがすべてではないですか」

ゴンスがそう言うと、小日向さんは、相変わらず悲嘆に暮れた様子でこちらを見つめました。

「愛されるって、誰に？」

「もちろん、自分にです」

結局、本当の意味で自分のことを愛し尽くせるのは、自分自身しかいないのです。ゴンスはそのように考えています。

小日向さんは、ふっと視線を地面に逃がしました。そして、まるでこの世のすべての希望を自主的に諦めてしまったかのように、冷たく平坦な調子で言います。

「それが難しいんでしょうね」

そのままゆっくりと歩き出したので、ゴンスも再び並んで歩きはじめます。

なにか、彼女を傷付けるようなことを言ってしまったでしょうか。ゴンスは猛烈に焦ります。そんなつもりはありませんでした。ただ、自分にとってあたりまえのことを、あたりまえのように言葉にしただけなのですが、それのどこが小日向さんを悲しませてしまったのでしょう。わかりません。できれば教えていただいて、二度と同じ轍《てつ》を踏まないように対策をとりたいところなのですが、しかし、そんなことをいますぐ問いただすのも野暮《やぼ》でしょう。まずすべきことは、小日向さんを元気づけることです。

『ビボう三、おち今《こん》だ　あと　二　いいこと　が　起ル』

ゴンスは知っています。落ち込んでいる人にはきっと、これから必ず、いいことが起こります。

やがて、広い交差点に差し掛かります。二人並んで、信号が青に変わるのを待ちました。横断歩道を渡った向こう側、右手前方には、北野天満宮の大きな鳥居が見えます。今夜もたくさんのあかりがついていて、さまざまな屋台が境内の外にまでひしめき合い、あらゆる客が行き交ってにぎやかな様子です。

「小日向さん、お墓を見に行くの、今日はやめておきましょうか」

ゴンスは、なるべく柔らかい声で言います。

「今夜は、天神市をご案内します。縁日《えんにち》はお好きですか？」

小日向さんはこちらを向いて、それから正面の天満宮のほうを見やり、そしてまた、ゴンスを見ました。

「大好きです。ぜひ見てみたいです」

ようやく笑った彼女の控えめな微笑みはとても優雅で、ゴンスの小さな胸はたしかに、新鮮な水色に変色してときめきました。青信号。一歩ずつ前進します。心臓の表側はたしかにきらきら発光しながらよろこんで、一方で、裏側はなぜか切なく痛みます。プラスとマイナスがないまぜになった複雑な脈動。普段より温度の高い血液が、全身を巡るのがわかります。

ゴンスは、そのときはじめて知りました。恋が始まるということは、たまらなく嬉しくて、同時に、どうしようもなく悲しいことでもあるのです。

北野天満宮の入り口は巨大です。鳥居も、その両脇にそびえ立つ狛犬《こまいぬ》も、かなり大ぶりに造られているので、まるで自分だけ縮尺を間違えた異世界に迷い込んでしまったかのような錯覚に陥ります。

大きな鳥居をくぐると、長い参道が始まります。道の両脇には、石造りの立派な常夜灯《じょうやとう》がぎっしり並んでいて、橙色の美しいあかりが出迎えてくれました。参道も、そのまわりも、そして前方に見える二つ目の鳥居も、すべてが石でできていますから、壮大な石の世界に包まれている心地です。そして、自分より遥かに大きなたくさんの石に囲まれると、どういうわけか、あたたかいのです。その分厚い包容力に固く守られているように思われて、この神社のぬくもりを、肌で感じ取ることができます。

天神市というのは、北野天満宮の敷地内を使用して行われる縁日のことです。参道の両脇に屋台が立ち並び、さまざまな客が行き交って、今夜も本当ににぎやかです。食べ物に骨董品、着物、他にも食器や植物など、ありとあらゆる出店が出ていますから、いつ来てもあちこちへ目移りします。

「にぎやかですね。今日はなにか特別な日なのですか？」

「いいえ、京都において、すべての夜は特別ですから、ここでは毎晩、市場が開かれているんですよ」

客や商人でごった返す夜の参道を、二人でゆっくり前進します。参道の手前のほうは、食べ物のお店が比較的多く並んでいます。たこ焼きにクレープ、からあげ、バナナジュースのお店もあります。ゴンスは食いしん坊の怪獣ですから、すべてのお店が魅力的に見えて仕方ありません。小日向さんも興味深そうに、参道の左右に立ち並ぶ屋台を眺めています。

「おい、久しぶりじゃないか」

と、急になじみの声が聞こえて、ゴンスはそちらへ目をやります。声をかけてきたのは赤ら顔の鬼。すなわち酒呑童子《しゅてんどうじ》でした。お互い頼光に退治されかけた過去があるという縁で、昔から仲がいいのです。

「これは？　見慣れない顔だな。ガールフレンドか？」

彼は酒好きの妖怪ですから、今夜もすでになかなか酔っ払っているらしく、小日向さんにさわろうとしたので、ゴンスが間に入ってきちんとガードします。

「いえ、先ほど出会ったばかりの方です。京都ははじめてらしいので、ご案内してさしあげようかと」

「へえ。こんなに若い女が、いったいどこからやってきたんだ」

酒呑童子は、手に持った酒をぐいと呷《あお》りながら聞きました。小日向さんは、なんと答えていいかわからない様子で、困ったようにゴンスを見ました。ここへ来る前の記憶がないのですから無理もありません。戸惑う小日向さんのかわりに、ゴンスが答えます。

「それが、なにも覚えていらっしゃらないようなのです」

「ふーん。困ったもんだなあ」

また酒を呷ります。しかし、酒呑童子の顔には、どことなく心配の色が浮かんでいました。ゴンスは知っています。この妖怪は、常に酔っているために誤解されがちですが、決して悪い者ではないのです。むしろ面倒見がよくて、優しい性格をしています。

「大黒さまに相談してみたらどうだ。なにか知っているかもしれないぞ」

なるほどたしかに。その考えはありませんでした。天満宮の大黒さまは、石でできた灯籠の台座に刻まれた彫刻で、その場所を動くことができませんので、ずっと長い間、ここの境内にいらっしゃいます。どこへも出かけられない分、同じ場所でじっと考え事をしている時間が長く、このあたりでは一番の物知りで、みんなから慕われる存在です。

「小日向さん、それです。大黒さまならもしかしたら、お探しの白いかえるのことも、きっとご存じかもしれません。行きましょう」

赤ら顔の酒呑童子にお礼を言って別れ、ゴンスと小日向さんは、本殿に向かってしばらく進みます。

と、小日向さんが、とある屋台の前でふと立ち止まりました。テントを見上げて、文字を読み上げます。

「……りんごあ、ぬ？」

そう言って、ゴンスのほうを振り返ります。なにをおっしゃったのかわからなくて、ゴンスもそのお店の名前を読みました。しかし、何度注意深く読み返してみても、そこにはたしかにはっきりと、力強い筆のような字体で「りんごあめ」と書いてあります。

はじめはおもしろい冗談かと思って、笑いながら小日向さんを見ました。しかし意外なことに、小日向さんは、どこか不安げな表情を浮かべながら、ゴンスの顔色をうかがっているらしいのです。

もしかしたら小日向さんは、なんらかの理由で、筆の文字が怖いのかもしれません。そういう方もいるでしょう。どんな生き物がいたって、なにも不自然なことはありません。

「これはおそらく、りんごあめ、ですね」

ゴンスがそう言うと、小日向さんは、急に安心したように、泣きそうな顔で笑いました。

「そうか、りんごあ『め』、ですよね。『め』と『ぬ』、ときどき区別がつかなくなるんです。だめだなあ」

「よくあることだと思いますよ。たしかに、そっくりですからね」

正直なところ、ゴンスには、『ぬ』と『め』を混同することの、いったいなにが問題なのか、まったくわかりませんでした。

ゴンスも、文字の読み書きは得意ではありませんが、それがいけないと思ったことはありません。というか、よくないことという発想すらありませんでした。誰にでも苦手なことがあって、その分だけ、得意なこともあるのですから、それで十分です。文字なんて、あとで自分が読めさえすれば、別になんでもいいと思います。それがゴンスの考えです。

ゴンスと小日向さんは、さらに参道を進みながら、さまざまなテントに書いてある『め』と『ぬ』を、わざと入れ替える遊びをして楽しみました。たとえば、『わためめ』は『わたあぬ』、『おめん』は『おぬん』、『かたぬき』は『かためき』。この人と、ほんの少しずつ距離を縮めるたわいもない会話が、楽しくてたまりませんでした。

ゴンスは、とても忘れっぽい怪獣ですから、重要なことは決して忘れないよう、ビボう六をつけるようにしています。今日のこの愉快な会話も、家に帰ったら、必ず記録しておこうと心に決めました。

「そうだ、小日向さん」

雑貨屋さんの出店が目に入り、ゴンスは、ふと思いついて言いました。

「ビボう六、ってご存じですか？」

少し考えて、小日向さんは首をかしげました。

「ごめんなさい、難しい言葉はわからないんです」

いえいえ、ゴンスも正確なことはあまりわかっていないので、ある程度オリジナルの習慣ですが、と慌てて言い添えて、説明します。

「はじめて知ったことや、印象に残ったこと、忘れたくないことなんかを、書き留めておく帳面のことみたいです。これはとってもいいですよ」

小日向さんも、ゴンスと同じように、ビボう六をつければよいのです。そうすれば、過去のことは忘れてしまったとしても、これからのことは覚えていられます。ゴンスも日ごろから実践していますから、その素晴らしい効果には太鼓判を押せます。記憶力に自信がないならば、この方法は本当におすすめです。

「せっかくですから、小日向さんにも、新しい帳面を買って差し上げましょうか。このお店で」

そう申し出ると、

「いいんですか」

と答え、小日向さんは遠慮がちに、ゴンスと目を合わせました。

「もちろんです。どの帳面がお好みですか」

商品台の上には、色とりどりの可愛らしい表紙がたくさん並んでいます。小日向さんはおずおずと近づいて、慎重に一冊ずつ吟味《ぎんみ》しました。

「……それじゃあ、これかな」

小日向さんが選んだのは、表紙に天使の絵が描かれた帳面でした。上部には横長の空欄があって、そこに題目を入れられるようになっています。

「素敵です。ゴンスも、これが一番チャーミングだと思いました」

やはり小日向さんとは趣味が合うようです。嬉しくなって、ゴンスは、帳面とおそろいの絵がついたボールペンも一緒にお会計しました。誰かのためにお金を使うことなんてかなり久しぶりでしたから、胸がどうしようもなくうきうきして、支払った値段の何倍ものよろこびが、おつりになって返ってきたような気分です。

「ありがとうございます」

そう言ってプレゼントを受け取った小日向さんの笑顔が本当に可愛らしくて、ゴンスの胸のずっと奥のほうで、果実が急速に成長します。ほのかな恥じらいが光になって降り注ぎ、その実はたちまち桃色に熟《う》れて、甘くもどかしい香りがみるみる満ちていく。これが、好き、という気持ちなのでしょうか。ゴンスは、たいへん長生きの怪獣ですが、このときめきをはじめて知りました。

小日向さんはさっそく、帳面にタイトルを入れようとしていました。しかし、その手が直前ではたと止まったので、もしかしたら彼女は、字を書くことも恐れているのかもしれない、と推察します。

ゴンスは、おずおずと節足を伸ばして、彼女の手からペンを受け取りました。一応、親切のつもりです。

「『ビ、ボ、う、六』、っと。どうでしょう」

できるかぎり丁寧に題字を書きました。ゴンスにしては、それなりに上手に書けたと思います。満ち足りた気持ちになって、近づいたり、遠ざかったりしながら、自分で書いた字をためつすがめつ眺めます。

内心、自信を持てる出来でした。子供じみているとわかっていながらも、どうしても得意な気持ちになって、口元が緩むのを抑えられないまま、小日向さんを振り返ります。

すると小日向さんは、タイトルの文字ではなくて、なぜかゴンスのほうを見ており、そして微笑んでいました。目が合ってしまい、その途端に自分の幼稚さがはっきりとした形をもって眼前にさらされてしまったようで、急に気恥ずかしさでいっぱいになります。

「ええと、あの、これは」

とりあえずなにかを口走ってみたものの、その先になにも続きません。どうしよう。どんどん変になります。変すぎる。変なゴンス。恥ずかしい。恥ずかしい。焦ってなにも思い浮かばないまま、ゴンスはどういうわけか、いつの間にか、ビボう六についての詳しい解説を口走っていました。

「これはその、どうやらね、六、というのが重要みたいです。この世界には、大切なことが六つあって、全部集めたときに、世界がひとまず完成するようです」

「なるほど」

小日向さんは、情けないゴンスの醜態など意にも介さない様子で、丁寧に相槌《あいづち》をうってくださいました。

「知りませんでした。だから、『六』なんですね」

微笑みながらうなずいてくれる、慈愛に満ちたそのしぐさ。あたたかく優しいたたずまいを見とめた途端、どういうわけか、またしてもさらなるパニックを起こしてしまって、焦りは加速し、ゴンスは早口で続けます。

「ほら、夜は四角いっていうでしょう。誰かにそう聞きました。たしかに、空があって、大地があって、あとは東西南北。これでほら、六面体の箱型になり、夜はその中に満ちているんです。おそらくそういうわけで、大切なことを六つ集めれば、世界は完成するわけで……」

「わかります。いや、よくわからないけど」

そう言って、小日向さんは、くすっと笑いました。それはたいへん大人びた笑い方でした。ゴンスは、なんだか自分が、とても幼く見られてしまったような、みっともないところをオープンにしてしまったような気になって、後ろめたい気持ちでいっぱいになります。

それでもゴンスは、小日向さんが笑ってくれるととても嬉しいので、とりあえず、一緒に笑ってみました。ぎこちなくコミュニケーション。それでも、お互いにふわふわ笑いあっていると、まるで胸に香《かぐわ》しい春の季節が訪れたように、ありがたい嬉しさがじわじわと感じられて、先ほどの格好悪いふるまいも、まあいいか、と思えてくるのでした。

小日向さんは、口元に優美な笑みをたたえながら、ゴンスが書いた『ビボう六』の題字を、人差し指でなぞりました。

「素敵です。『ビボう六』。これからこまめにつけますね。なんだか楽しみです」

小日向さんが楽しみなことは、ゴンスにとっては、もっと楽しみなことになります。しかし、それをそのまま本人に伝えることは、なんだか照れくさくてできませんでした。ゴンスは少しだけうつむきます。

「……よかったです。それではそろそろ、大黒さまのところへ行ってみましょうか」

ゴンスとしたことが、こんなにもごもご発話してしまうなんて、なんだか妙な体験です。散漫にばらけていきそうな感情をぎゅっとつま先に集約し、石畳を踏みしめて、先へ進むことに集中します。

屋台が立ち並ぶ参道が終わり、薄くて平べったい石段を何段か上ると、二階建ての立派な門がそびえ立っています。一礼し、美しい造形に見とれながらこの門をくぐって、左手前方へ。なめらかな石畳が整然と敷き詰められた広い道が続いていて、両脇には豊かな緑が生い茂っています。絵馬所を後方に見ながら、さらに奥へ進んでいくと、やがて、三光門という名のついた、これまた豪華な造りの中門に行き当たります。その門の手前で右に曲がると、砂利の敷かれた広い道があり、右手には奉燈《ほうとう》が立ち並んでいて、手前から数えて四つ目の灯籠《とうろう》、その台座の部分に、大黒さまはいらっしゃいます。

小日向さんをそこへ促して、ゴンスは体勢を低くします。小日向さんもこれに倣《なら》ってしゃがみました。ご相談の前に、まずは、すぐそばにある小さな賽銭箱《さいせんばこ》にお賽銭を入れ、二本の節足を胸の前で合わせてしっかり拝みます。目を開けると、小日向さんは隣でまだ一生懸命拝んでいたので、彼女が目を開けるまで待ちました。

「こんばんは。お久しぶりです」

はじめにご挨拶。石造りの大黒さまは、しゃがんだ小日向さんの目線よりやや上のあたりにいらっしゃいます。全身の大きさは、小日向さんのお顔よりやや大きいくらいで、大黒さまのお顔はさらに小さく、おそらく小日向さんのこぶし大くらいの寸法です。

大黒さまの丸い目が、ぎらりと赤く光りました。そのまま一度だけ長いまばたきをして、再びまぶたを見開くと、その目はまるで水晶のように、ゆらゆら揺れるカラフルな煙を閉じ込めて、こちらをまっすぐに見ていらっしゃいます。

「隣にいるのは誰だ」

大黒さまの声は重々しく、いかにも物知りな方らしい風情です。

「小日向さんです。数時間前、二条城の生け垣の内側で倒れていらっしゃいました。全身水に濡れていて、どうやら、堀から上がってきたらしいのですが」

小日向さんのほうを見ます。背中の羽根は、もうほとんど乾いたようでした。

「しかし、目を覚ます前のことを、なにも覚えていないそうなのです。ただ、白いかえるの……イメージが、頭にうっすら残っているとか、その程度で」

大黒さまは沈黙したままでした。ただ、瞳の中の煙が、くるくるとさまざまな色に変化します。なにかを考えていらっしゃるときの合図です。

「それで、とりあえず、白いかえるを探すことに決めたんです。それ以外にはどうしようもないものですから」

とりあえず、事の顚末《てんまつ》をお話しします。あらためて口に出してみると、やはり小日向さんは、ずいぶん困った状況に置かれています。

「西洋にこんな古典がある」

すると大黒さまは、やがてゆっくりと語り出しました。重機のエンジンが唸るような低音。

一言も聞き漏らさないように注意を払います。

「白いうさぎを追いかける少女が、うっかり穴におっこちる。穴はどこまでも深く、深く続いていて、ようやく着地した場所は、奇想天外な別世界」

ゴンスはその物語をはじめて知りましたが、どうやら小日向さんはご存じのようです。有名なお話なのでしょうか。神妙な面持ちで、わずかにうなずきながら聞いておられます。

「すなわち、君は遥か上からやってきたんだ。白いかえるを追いかけて、どこか暗いところにおっこちた。たどりついたのは裏側の京都。夜がいつまでも続く不思議の国」

小日向さんは真剣な眼差しで大黒さまの足元を見つめ、丁寧になにかを考えているようでした。なにか、少しでも思い出せたらいいのですが。ゴンスは横で祈ります。

「白いかえるを追いかけなさい。答えを探すなら、古典に倣うこと」

なるほど。大黒さまはさすがです。ゴンスは、思わず感心しました。小日向さんもうなずいています。賢い人がおっしゃることは、やはり説得力が違います。

「ところで君。そこの小石を一つ拾って、私の穴に乗せてみなさい」

そう言われて、小日向さんは、戸惑ったようにゴンスのほうを見ました。ゴンスは、地面の小石を一つ差し出します。小日向さんの白い指が、ためらいがちに石を受け取りました。

「さあ、運試し。やってごらん」

これは大黒さまの有名な運試しで、ゴンスも何度かやらせていただいたことがあります。大黒さまのお顔の下部には、大きな穴が二つあいていて、そこに小石を乗せることができれば、それは成功というわけです。

小日向さんは、おずおずと、その小石を持った手を大黒さまのお顔に向かって伸ばしました。そして、右側の穴を選ぶと、その底面に、小石をそっと乗せます。

しかし、石はあまりにもあっけなく、つるりと落ちてしまいました。やはり、この運試しはたいへん難しいのです。なんせ、大黒さまのお顔の穴は、度重なる運試しで徐々に磨耗したために、地面に向かって直滑降の形をしています。

「もう一度」

大黒さまがおっしゃったので、小日向さんは再び、地面に落ちた小石を拾って、慎重に穴に乗せようとしました。ところが、また失敗。そのまま、三度、四度と繰り返して、五度目も、やはりうまくいきませんでした。

「だめです」

そう言って、小日向さんはゴンスのほうを見ると、諦めたように、小さく息をつきました。

「あと一回だけ、やってごらん」

大黒さまがそう勧めてくださいましたから、ゴンスは、落ちた小石をまた拾い上げて、小日向さんに渡そうとしました。しかし、小日向さんは、視線を下に落として首を横に振りました。

「五回やって失敗したら、六回目もきっとできません」

「どうしてですか」

妙に確信を持った言い方が不思議で、ゴンスはたずねました。

「失敗の数は、片手の指で数えられる分で十分だからです。それ以上はもう、何度やっても同じです」

そんな法則があったとは。はじめて聞いたお話でした。帰ったら、自分のビボう六に書き留めておきましょう。

とはいえ、せっかくですから、六回目は、ゴンスが挑戦させていただくことにしました。手に持った小石を慎重に運んで、大黒さまのお顔の穴に静かに置いてみます。

するとなんと、その小石は、見事に穴に乗りました。こんなことははじめてでしたから、ゴンスも、自分でたいへん驚きました。

「珍しい」

大黒さまも言いました。小石はたしかにその穴の底面で、ぴたりと静止したままでした。

「成功するのは珍しい。あらゆる者がここで試したが」

瞳の中の水晶は、とても優しい色をしていて、大黒さまの寛大なお心をそのまま映し出したようです。

「その結果、この顔はすっかり変わってしまった」

5　狸

「顔がすっかり変わるんならあり」

島田さんは、ふかふかの座席に深くもたれて、両手を頭の後ろで組みながら半笑いで言った。

「えー、ひどい。竹井さんは？　私と付き合える？」

「いや、俺は別にええけどな。おっぱい揉ましてくれるんやったら」

「さいてー。勝手に想像しないでよ」

「アホか。誰がおまえの乳なんか見るか。金もらってもできひんわ」

そう言いながら、島田さんはさらに焼酎を飲んだ。グラスが汗をかいていたので、飲み終えたタイミングを見計らって紙のコースターを取り替え、布巾《ふきん》でグラスの水滴を拭う。

バイトしているラウンジは今日もそれなりに盛況で、このあとも私が呼んだお客さんが二人来る。そのうち一人は十時ごろに到着すると連絡があったので、それまであと一時間はこの席についていなければならない。そう考えると、ついついため息が出そうになった。

島田さんと竹井さんは同じ会社の同僚で、二人一緒によく店に来る。どちらかと言えば前のめりなのは島田さんのほうで、竹井さんは島田さんの付き合いで来ることが多い。島田さんのお気に入りは二十二歳のひめかちゃん、竹井さんのお気に入りは二十歳のかなこちゃん。

「おい、俺のひめかはいつ来んねん」

「もうすぐ来ますよ。だからあとちょっと、私で我慢してよ」

「たぬきがなに言うてんねん」

「だからたぬきじゃないってば。ひなたちゃんでしょ？　ちゃんと名前で呼んで」

「はぁ？　うっとうしい」

だけど、島田さんの二番目のお気に入りは私。実際、島田さんの席についている回数は、ひめかちゃんよりも私のほうが多いかもしれない。この人は、本命以外には、口の悪さで好意を示したいタイプなのだ。暴言がいきすぎて、店のほとんどの女の子から嫌われているけど。

「ひなたって、なんか男みたいな名前やなあ。これ源氏名なん？」

竹井さんが、ナッツをバリバリかじりながら聞いてきた。

「まあ本名っていうか、あだ名。名字が小日向だから、そこからとってひなた」

「へえー。彼氏にそう呼ばれてるんや」

「やめてくださいよ。私に彼氏なんかいるわけないでしょ」

「せやんな。たぬきに彼氏がおったら、この世界いよいよ終わりやもんな」

島田さんも竹井さんも常連さんだし、私もここに勤めてそれなりに長いので、本名も別に隠さない。ただ、彼氏がいるということだけは、絶対に黙っておくのが店のルールだ。

「島田さん、さすがに失礼すぎ。私以外の子にそんなこと言っちゃだめですよ」

「言えへんよ。おまえがこの店で一番のブスやねんから」

「ねえー、ほんとに最低なんだけどー」

明るく語尾を伸ばして、なるべくポップな声を出して、でも、身体の内側には、またグロテスクな傷が刻まれる。同じところを何度も怪我してきたせいで、もう皮膚が硬く盛り上がっていて、血もなめらかには出ないけど、痛みはやっぱり新鮮で、それを顔に出さないのはとても難しい。

ブス、という言葉の殺傷力はすさまじくて、軽い冗談みたいに口にする男の人たちは、それをあまりにも知らなすぎる。

「お待たせしましたあー、島田さん、いらっしゃーい」

よく通る明るい声で挨拶をしながら、ようやくひめかちゃんがやってきた。彼女は私と同い年の二十二歳。この店に勤めはじめたのは、私のほうが半年だけ早い。

「竹井さんもー。なんかお久しぶりじゃない?」

ひめかちゃんが持ってきたレディースのグラスを受け取って、急いで水割りを作りはじめる。テーブルには、ボトルキープの芋焼酎とウイスキーが並べてあった。ひめかちゃんは本当はウイスキーのほうが好きだけど、芋焼酎のボトルがそろそろ空になりそうなので、問答無用でそちらを注ぐ。本当にあともう少しでなくなりそうだったから、できればすべて入れてしまいたかったが、彼女は酔わせすぎると鬱陶《うっとう》しいので、適量だけにしておく。残りは全部自分のグラスに注いで、こっそり焼酎のボトルを空にした。

「おー、やっと来たやん、俺のプリンセス。いままでずっとたぬきがおってん、おいたぬき、さっさとどっか行け」

「ちょっと島田さん、ひなたちゃんに失礼ですよお」

そう言いながら、ひめかちゃんは両眉を下げて困ったように笑っている。善良な美女がブスと比較されたとき、必ずやる優美な困り顔。こういうとき、けなされているブス側は、とにかく少しも不機嫌に見えないように注意しなければならない。これはもう、決まり切ったシナリオ通りに流れていく定番の会話劇だと思って、きわめて冷静に受け流すのが一番いい。なるべくすべての感情を捨てて、大げさなふくれ顔をして見せながら、私は彼女に水割りを渡す。

「そうよー、島田さん、失礼ですよ。損害賠償、焼酎あいたから、新しいのもらっていい?」

「ちっ、たぬきに言われると腹立つなあ。まあええよ。入れといて」

「やったー、ごちそうさまです。では、かんぱーい」

ひめかちゃんの明るい音頭で、あらためてみんなで乾杯する。私はとりあえず、無事に一本新しいお酒を入れられたことに安堵していた。島田さんは面倒な客なので、席に着いている女の子が私一人だと、なかなか次のボトルを入れてくれないが、本命のひめかちゃんが来てしまえば、やはりいい格好したさに断れないらしい。重要なタイミングを逃さずにすんで、ひとまずはほっとした。

「こうして比べてみるとやっぱり、可愛い子とブスって、ほんまに全然顔ちゃうよなあ」

島田さんが水割りを飲んで言った。お気に入りの女の子が横に座ったことでさらにいきがって、口の悪さがいっそう加速している。

「羨ましいとか思えへんの？」

竹井さんが私に聞いた。この人もだいぶお酒がまわってきている。しらふのうちはそれなりに紳士的な人だが、酔いはじめると徐々に性格が悪くなり、島田さんと一緒になってかなりひどいことも言う。

「いや、思いますよ。ひめかちゃんの顔なんて、誰でもあこがれるに決まってるじゃないですか」

水割りに口を付ける。最後の芋焼酎を無理やり注いだのでだいぶ濃い。その癖の強い風味で唇の内側が強烈に苦くなり、思わず顔をしかめそうになる。

「ほな、整形したらええやん。なんでしいひんの？」

「え？　いやー、お金とかもかかるし。整形って本当にたいへんなんですよ」

「貯めたらいいやん。風俗とかしいや。すぐ貯まるんちゃうん？　あんなもん」

冗談のつもりなんだろう。二人とも、口元が意地悪に歪《ゆが》んでいる。男の人が、飲み屋の女の子をからかっているときの顔。自分が圧倒的に優位だとわかっているときのみ男性が発揮する、この世で一番しょうもないサディズム。傲慢だ。愚かでみっともない。私はそんな彼らを心底見下しているけど、いまは仕事だから、きちんと見下されてあげる。ポーズ。そしてそうしているときだけ、私にもまだそんなプライドがあったんだ、と珍しく自覚して内心で驚く。

島田さんのグラスに水滴がついてびしょ濡れになっていたので、引き取って布巾で拭く。本当は隣に座っているひめかちゃんの仕事。だけど彼女は、ひとたびおしゃべりに夢中になると、こういうことに気づかない。でもそれでいいのだ。なぜなら彼女は、顔が可愛いから。仕事はたぬきにやらせておけばいい。可愛い子は、そこに存在しているだけで、だいたいのことが許される。

席を立ち、新しい芋焼酎のボトルを取りに行く。水割りに使う氷もなくなりかけていたので、ついでにそれも取り替える。小さなキッチンで次の氷の支度をし、入ったボトルと氷の数を伝票に記入する。

閉店後の店内は明るい。お客さんが来ている間は、照明をわざと暗めに落としているのだ。閉めたあとはボーイが掃除をするので、すべての電気がつけられる。真夜中のはずなのに、なんだか急に真っ昼間に放り出されたみたいに感じる。

私は座席に腰掛けて、送りの車を待っていた。今日は金曜日ということもあり、かなり繁盛したので、閉店時刻の一時は大幅に過ぎてしまっているが、そんな遅い時間でも車で家まで送ってもらえるのがこのアルバイトのありがたいところ。ただし、車の台数はかぎられているので、私の番がくるまでは、まだあとしばらく待たなければならなさそうだった。

スマホの電源を入れると、達也からラインが来ていた。

『今日、友だちの家泊まる』

読んで、思わずため息をつく。客にどれほど嫌味を言われても、家に帰れば達也に会えると思ったから頑張れたのに。気持ちが一気に暗く落ち込む。だけど仕方ない。絶対に面倒な女だと思われたくないから、語尾に明るい絵文字を付けて『りょーかい』とすぐに返事を送る。

なんだか嫌な予感がしながら、そのままの指でインスタを開く。画面上部に、私がフォローしている人たちの丸いアイコンがずらりと並んでいる。ストーリーズ。一定の時間が過ぎれば勝手に消えてくれる無責任な発信は、適度に気軽で生ぬるく、暇な時間に適当に流し見するのにちょうどいい。

一番左のアイコンをタップした。好きなモデルの投稿だった。ファッション誌のオフショットとともに、表紙を飾った雑誌の発売日を宣伝していた。

画面の右側を押して、次の投稿を見る。出てきたのは、ひめかちゃんの投稿だった。彼女は私より一時間早く、十二時には店を上がったので、帰宅してから母親手作りのサラダを食べたらしかった。美しい料理の写真とともに『ままが作ってくれた♡幸』と書いてある。無感情のまま、また右端をタップする。

続いて現れたのは、前に働いていた店で一緒だった女の子、もえちゃんの投稿。私と達也ともえちゃんは、もともと同じ店にいた。こちらは鉢植えで育てているらしい、まだ収穫前のハーブの写真を載せている。『ままが大切に育てたハーブ！　これでお茶いれるの楽しみ😉』。とん、と親指で画面の右側を押す。次ももえちゃんの投稿。きらきらに加工した自撮りが大写しになる。『新作のリップ💄どうかなー?』。もえちゃんは本当に綺麗な顔立ちをしている。この顔が嫌いな人はきっといない。前の店でもすごく人気があった。また右をタップ。さらにもえちゃんの投稿。載せられた時間を見ると十九分前だった。

『華金♡』

男女何人かで集まって、ショットグラスで乾杯する短い動画。そのとある部分に釘付けになる。どこかのクラブらしい大理石のテーブルの上に、YouTuberのプレゼント企画で当選した数量限定のZippoが置かれていた。あれは間違いなく、達也のものだ。

あー。嫌な予感って、どうしていつも、想像以上のスピードでたちまち現実になってしまうんだろう。達也はいま、もえちゃんと一緒にいる。

友だちの家、って誰の家？　飲んだあと、もえちゃんの家に泊まるの？　最近すごく仲よくしてるよね。インスタでいつも見てるから知ってる。達也は気づいてないかもしれないけど、もえちゃん、達也と一緒にいるときは必ず、達也の私物がさりげなく映るように写真や動画を撮って、ご丁寧に載せてるんだよ。私も見てるって絶対知ってるはずなのに、すごく意地悪なアピール。そんなことして楽しいの？

楽しいんだろうなあ、ものすごく。匂わせ投稿をするような女の心に、罪悪感なんか一ミリもあるわけがない。大して仲よくない恋敵の心をかき乱すのって、最高に昂《たかぶ》るよね。しかも別に、なにか物理的に危害を加えてるわけではないし。ただ、目の前の日常を切り取って、それをそのまま載せただけ。こっちが勝手に傷付いてるだけ。私が見なければいい話なのに。彼女は悪くない。わざわざ自分からもえちゃんのインスタを見に行く私が、ちっとも可愛くない私が、達也の気持ちを繋ぎ止められない私が悪い。

全部知ってる。だけど黙ってる。達也には、あえてなにも聞かないことにしている。だって嫌われたくないから。どう見てももえちゃんのほうが可愛い。ブスな私がごねたところで、めんどくさいって思われて、あっさり出て行かれるに決まってる。だから黙っとく。なにも知らないふりをしておく。達也のことが好きだから、なにがあっても我慢する。

またしても勝ち取れなかった愛情。ぐったりとしおれていく希望のイメージ。これで何回目かなあ。いつもこんなに必死で追いかけて、それでも、どうしても摑めない。

達也のいない家に帰ることを考えたら、なんだかあまりに寂しくて、頭がおかしくなりそうだった。

「すみません、やっぱり今日、送りいらないです」

レジの閉め作業をしていたオーナーは、驚いたようにこちらを見た。

「珍しいね。どっか遊びに行くの?」

「あ、いえ、彼氏の家に」

「そうなんだ。気を付けてね」

しょうもない嘘。私は達也の本当の住所がどこにあるのか知らない。うちに転がり込んできたあの日から、なんとなく一緒に暮らし続けて、でも、パーソナルな話はほとんどなにも聞いたことがない。

　エレベーターを降りて外に出る。深夜の祇園は心地いい。静かな夜の暗闇が、しなやかで美しい流体になって、あらゆる小道をまんべんなく這い、町ごとほのかなアルコールを帯びたかのように、ほがらかで柔らかい表情を見せる。飲み屋街のはずなのに、光量がかなり控えめなので、はてしなく善良な場所に感じる。静かで大人しく、穏やかで優しい。人々が祇園でお酒を飲むのは、騒いだり、我を忘れるためではなくて、一日がようやく終わるとき、凪《な》いだ心で眠るためなのだと思う。

　シネシネシネシネシネ
　四条通をずっと上って、八坂神社に向かって歩く。夜なのにセミが鳴いていた。京都のセミはシネシネと鳴く。はじめて京都で夏を過ごしたとき、そのことに本当に驚いた。関東と関西では、セミの鳴き方がまるで違うのだ。

　スマホを操作して、事務所の番号に電話をかける。

「もしもし、突然すみません。あゆみです」

「ああ、あゆみちゃん。どうしたの？」

「急なんですけど、これから出勤してもいいですか？　もう、すぐ近くまで来てて」

「おっ、もちろん。でも珍しいね」

「なんか、ちょっとお酒も飲んでるんですけど」

「まあそんなに酔ってないみたいだし、大丈夫大丈夫。気を付けて来てね。待ってまーす」

「ありがとうございます。失礼します」

風俗店のスタッフは、いつも底抜けに明るい話し方をする。まるでテーマパークのキャストみたいに。

「可愛い子とブスって、ほんまに全然顔ちゃうよなあ」。数時間前、島田さんに言われた言葉がほろ苦くよみがえる。「羨ましいとか思えへんの?」。竹井さんも容赦なく言った。思うよ。めちゃくちゃ思うよ。誰よりも強く思ってるよ。おまえたちが想像する何倍も、私は、自分の顔が可愛くないことに悩んでいるし、気楽な暴言に滅多刺しにされて、そのたびに死にそうになってるよ。

「整形したらええやん。なんでしぃひんの?」。もうとっくにしてんだよ。私の顔にはもうすでに、一三〇万円近くかかっている。整形って本当にたいへんなんですよ。なりふりかまわずバイトして、必死で切り詰めて生活してようやく貯金して、ものすごい大金をかけて、耐えがたい痛みを何日も我慢して、それでも、ひめかちゃんにはとうてい勝てない。生まれたときから美しかった女の子だけが持つ心のゆとり、純粋な笑顔、天然でピュアなあの可愛らしさに、私は一生、絶対に勝つことができない。

可愛い子って、どうしてあんなに、なんでも持っているんだろう。

ママを『まま』と書く女たち。家庭環境がよかった女は、母親のことを『まま』と表記する。あれはいったいどうしてなんだろう。SNSをだらだら眺め、他人の幸せをひたすら羨みながら、私はいつも不思議に思う。『まま』はすなわち、『ママ』を凌駕《りようが》した聖母の称号で、だけど私の母親はいまだ、標準的な『ママ』にすらなりきれていない。

私の人生に欠けているものの一つ目。理想の母親。

特に子供がほしいわけでもなかったくせに、うっかり子供を作ってしまって、そのままうっかり産んでしまって、未婚のまま、少女のまま、ろくに子育てすることもなく、いつまでも遊び歩いている。自分が自分であることの意義を、男の中にしか求められない。子供のころは理解できなかったそれらのすべてが、母が私を出産したのとほぼ同じ年齢になったいまは、絶望的なほどよくわかる。子供ってその場の勢いだけでも簡単に作れてしまうし、十月十日《とつきとおか》が過ぎれば、あっけなく生まれてしまうのだ。命の奇跡、産んでくれてありがとう、もちろんそういう出産が望ましいけど、でも、そうじゃない場合も当然ある。私みたいに性格の歪みきった怪獣がここに存在しているということがなによりの証拠で、だけどみんな、都合の悪いバグは本当に気軽に無視する。自分の親を愛せない人間なんて頭がおかしいのだ。「家族と仲のいい子がタイプ」。あたりまえだ。幸せを摑むのはいつだって、『ママ』を『まま』と書く女。みんなから愛されて、たくさん褒められて、屈託なく笑う美しい女たち。

私の人生に欠けているものの二つ目。友だち。

悲しい。苦しい。助けてほしい。無性に誰かと話したくなって、追い詰められてラインを開いて、しかし、親指は虚しく上滑りするだけ。直近で話した相手はすべて店の客。『お待ちしてます♡』とか『今日はありがとうございました！』とか、心など欠片《かけら》も込められていない淡泊なメッセージが並ぶだけ。本当に自分の気持ちを伝えられるトークルームは一つもない。どこまでスクロールしてみても、連絡できる友だちがいない。

私の人生に欠けているものの三つ目。思考力。

祖母は気に入らないことがあるとすぐ、怒鳴り散らかし、手当たり次第に物を投げ、容赦なく私の頭を叩いた。私はいつも、決して彼女を怒らせまいと腐心していた。自分の人生のテーマは、およそそれしかないと言っても過言ではなかった。というか、それ以外に、なにかに心を砕く余裕がまるでなかった。あの人が怒りはじめた途端、私の思考は即座に停止してしまう。恐ろしい現実から逃れるように、きらきら、ふわふわした優しいファンタジーが頭の中で膨らんでいく。幼児のような逃避行を繰り返し続けた結果、普通に働くことすらできない、だめな大人になってしまった。コンビニや飲食店でバイトしてみたこともあるけれど、ほんの少し注意されただけで死にたくなって、怒られるのが怖すぎるから、毎秒ひたすら怯えてしまう。怒られることと殺されることが感覚的には直結していて、だから勤務中もほとんど思考停止している。もちろん仕事ができないのでどんどん嫌われて、たちまち職場で居場所がなくなってしまうのがお決まりの展開。結局、自分にできるのは、他人の顔色をうかがうことくらい。その点、祇園の夜の店でのバイトは、客の顔色さえうかがえれば務まるので、そういう意味では向いていた。

私にはいつもおばあちゃんしかいなくて、だから、どんなに怒られても、結局、あの人に褒めてほしかった。感性はずっと幼稚なままで、自分でもいい加減情けない。

私が高校生になってすぐ、祖母は末期のがんで入院した。日に日に痩せていく祖母を見ていたら不安でたまらなくなって、この人がいなくなったら、私はいったいどうなってしまうんだろうと考えた。

彼女が京都という場所に、尋常ならざるあこがれと愛着を持っていることは知っていたので、元気づけたい一心で、「京都の大学を目指す」と言ってみた。すると祖母は、珍しくとてもよろこんでいた。厳しい闘病の日々が続いていたから、いよいよ身体が弱った結果、ようやく優しくなっただけなのかもしれないけど。あの人が私の選択に対して、肯定的な反応を示してくれたのは、考えてみればあれがほとんどはじめてだったような気もする。だから私は嬉しくて、毎日、一生懸命勉強した。京都へ行けば褒めてもらえる。おばあちゃんがきっとよろこぶ。そう考えたら本当に幸せで、いつの間にか、まだ見ぬ京都という町を、まるで願いが叶う理想郷のように思い描き、いつも恋い焦がれるようになった。京都に行けば私も変われる。今度こそきっと愛される。

「京都はいいところだからね」。入院している最中、祖母は繰り返しそう言った。病室のサイドテーブルに置いてあった、付箋だらけのパンフレット。清水寺に嵐山、平安神宮、金閣寺。おまえが大学生になったら、あちこち見物に行ってみようか。桜が綺麗な町なんだよ。夏にはクマゼミが盛んに鳴いて、秋は紅葉が美しい。冬は雪景色も見られるそうだよ。ああ、そのときが楽しみだねえ。

ところが、私がいよいよ受験に挑もうとするころに、祖母はあっけなく死んでしまった。あこがれの京都。夢の町。ここへたどりつけばきっと変われる。今度こそ幸せになれるよ。目の前で崩れていく幻想。私の信仰にはいつも意味がない。どうしてこんなにバカなんだろう。頭があまりにもゆるふわすぎる。すべての期待は虚《うつ》ろな幻。私が勝手に考えた、意味不明で無意味なファンタジー。いいですか。怪獣は決して愛されません。一生孤独でひとりぼっちのま、これから何年生きたって、絶対に幸せにはなれません。自分で何度も言い聞かせて、ろくでもない人生にどうにか納得しようとして、でも、虚しくて何度でも泣いてしまう。

結局、京都の大学には落ちた。浪人するお金はないし、祖母がいなくなった時点で、そもそも進学する意義を見失ってしまっていた。高校を卒業したあとは、母に名ばかりの保証人になってもらい、とりあえずのお金も工面してもらって、なんとなく京都へ引っ越してきた。バイトをしないと暮らせないから、祇園のラウンジで働きはじめた。あれから四年。京都に、いったいなにがあると期待していたんだろう。ふたをあけてみればなにもない。京都には、本当になにもない。

違う。本当はよくわかっている。京都になにもないんじゃなくて、私の中になにもないから、私は、京都でなにも見出すことができない。二十二年もかけて、あんなに厳しく育ててもらった身体の中身はいつもからっぽ。私はなにも知らない。日々、わけのわからないファンタジー世界が膨らんでいくばかりで、年相応の常識も能力もなにもない。

私の人生に欠けているものの四つ目。倫理観。

祖母が亡くなって、お葬式の日の夜だけ泣いた。それ以降、彼女の喪失を悲しく思ったことは一度もない。自分でも驚いたけれど、正直、心からほっとした。死んでくれてよかった、と、絶対に誰にも言えないけれど、内心ではいつもそう思っていた。もう叩かれない。その事実を丁寧に反芻《はんすう》するとき、たしかな安らぎとよろこびが、どうしても心の奥底に生まれる。徐々に育っていくアンモラルの芽。実質的には唯一の家族が亡くなったのに、悲しまない私は頭がおかしい。

携帯の待ち受け画面にパスワードを入れて、ロックを解除する。ああ、こんなとき、達也から電話がかかってくればいいのに。だけどもちろん、そんな都合のいいことが起こるはずはない。達也はいま、もえちゃんと一緒にいるんだよね。別に私じゃなくてもいいんだもんね。私には、達也しかいないのに。携帯の画面を見つめる視界がぼんやり滲《にじ》んでいく。待てど暮らせど起こらない奇跡。

インターネットを開いて、ブックマークしているサイトにアクセスする。働いている風俗店の、色彩がごちゃごちゃした派手すぎるホームページ。『★出勤情報★』のところを見ると、さっそく私のパネルが出ている。顔写真はだいぶ加工してもらっているはずなのに、それでも、他の女の子のパネルと比べると、どうしようもなくブスに見える。醜い怪獣。たぬきは加工してもたぬき。どうして私だけいつもこうなんだろう。『あゆみ（20）笑顔が可愛い純朴系！』。笑顔が可愛いっていうのは、真顔がブスだってことですか。あと何百万円かけたら、私も可愛くなれますか。顔が綺麗になれば今度こそ、私も、誰かに愛されるかなあ。

私の人生に欠けているものの五つ目。人から愛される力。

ここまで、ほとんど誰からもきちんと好かれてこなかったけど、それでも、たとえば頑張って顔を変えれば。ひめかちゃんやもえちゃんみたいに、可愛い女の子になれば、私もやっと、愛してもらえるのかもしれない。いまだにうっすら期待している。そのためにせっせとお金を稼ぐ。知らない男性のところへデリバリーされる道中は、いつも虚しくて消えたくなる。

祖母が知ったら怒るだろうなあ。あれもこれも全部、もともとはあの人の育て方のせいだと思ってしまう一方で、やっぱり申し訳なくて苦しい。一生懸命育ててくれたのに。勝手にだめ人間に育ったのは私の責任なのにな。もういい大人なのに、いつまでも母や祖母のせいにして、勝手に悲劇のヒロインぶって、それって本当に情けない。人生ずっと、いったいなにをしているんだろう。獲得できなかった愛情のことばかり、いつも考え続けてしまう。寂しくて悲しくて、夜に泣く不気味な怪獣。

死ね死ね死ね死ね死ね。

生まれてきた時点で間違いだったな。それでも、生きている以上は仕方がないから、常に環境に従順に、どれも自分なりに一生懸命頑張ってきたつもりだったけど、いつまでたってもひとりぼっち。なにをやっても、誰からも愛されず。もちろん自分が悪い。だけどどうしていいかわからない。自分が自分である以上、私は、私のどうしようもない人生に翻弄《ほんろう》され続けるしかない。

私が誰にも愛されないのは、きっと、私が怪獣だから。醜くて、愚鈍で、頭が悪くて、生きていたってなんにもできない。たとえ怪獣が恋をしたって、決して報われるはずがない。だからもう仕方ない。死すべき運命には抗えない。そういう設定を心の中で何度もたしかめて、厳しい現実から身を守る。怪獣の恋にも、命にも、ちっとも価値がないことは至極当然のことだから、それはもうきちんと受け入れて、潔く諦めてしまいましょう。期待するだけ無駄なので、怪獣としての立場をわきまえて暮らしましょう。

死にたくなったときにはいつも、頭の上に振り下ろされた、国語辞典の衝撃を思い出す。ああ、あそこで死ねればよかったのになあ。ひらがなを間違えるたびに激怒していた祖母はいったい、私が、どんな大人になることを期待していたんだろう。

あるいは、あのとき、『め』と『ぬ』の区別がつかなかったから、京都のセミは、シネシネと鳴くのかもしれない。

6　祇園

「シネシネが鳴いています。いい季節ですね」

あくる日は、祇園方面へ赴いてみることにしました。ゴンスがときどき行くスナックがあるのですが、そのお店の経営者の方は、京都の噂にとても詳しいのです。お仕事柄、さまざまなお客の話を聞いているうちに、自然と最新の情報が耳に入ってくるのだそうです。小日向さんが探している白いかえるのことも、なにかご存じかもしれません。

「シネシネ？」

ゴンスの隣を歩きながら、小日向さんが聞き返しました。

「聞こえるでしょう、シネシネシネって。京都の夏は、彼らの鳴き声から始まります。しかし、こうして夜でも元気に鳴いているのは、少し珍しいかもしれません」

昼間はきっと、さらに大ボリュームで合唱しているのでしょう。もっとも、ゴンスの知らない時間帯のことですから、実際のところはよくわかりませんが。

四条通をずっと、まっすぐに上ります。正面には八坂神社が見えました。夜の祇園は、いかにも人々が夢見る京の風情です。それはまるで、京都よりも京都らしい幻の名所。ずっしりとのしかかる重い暗闇に、屋根付きの広い歩道が張り出しています。その天井やガードレール、深緑の柱や、多面体の軒行灯《のきあんどん》に至るまで、徹底して古きよき日本らしい世界観が精巧に作り込まれており、夜は橙色のあかりが静かにともって幻想的です。「祇園」と聞いて誰もが想像するぼんやりしたイメージが、はっきりと細部まで具象化されて、そこを実際に歩いているような体感。あまりに京都らしすぎて、むしろ現実味の薄い場所です。

シネシネシネシネシネシネ

夜風に流れるシネシネの声。やっぱり、なんだか嘘のような夜です。だけどたしかに、その声を聞けば、ここは夏の京都なのだと実感します。シネシネの鳴き声は不思議です。フィクションとノンフィクションのはざまで、夢と現実を縫い付けるように、あるいは突き放すようにせっせと鳴きます。機械的に、それでいて叙情的に。膨らんでいく京都の夜。隣に小日向さんがいて、それはどこかファンタジックなできごとのように思われますが、ゴンスが彼女に対して抱く想いは、かぎりなく切実でリアリティのある、あこがれと焦燥の混合物。これが恋。もしくは、夏ならではの小さなエラーにすぎないのでしょうか。ゴンスには、よくわかりませんでした。ただ、シネシネの鳴き声が、とても好ましく思える夜でした。

やがて八坂神社が眼前に迫ります。あざやかな朱色のシンボル。どっしりと荘厳な構えで、力強く祇園を守ってくれています。

その交差点で左に折れると、そこで屋根が途切れます。八坂神社の朱色の柵を右手に見ながらしばらく前進。

「なんだか、角の多い町ですね」

小日向さんが言いました。そうなのです。京都の道は、碁盤の目状になっているので、直線と角が多くあるのです。

「しかし、そのわりには、ずいぶんわかりづらいと思いませんか。思うに、角が多すぎるので、よく混乱してしまうのです」

そう言うと、小日向さんは、控えめにくすっと笑いました。

「たしかに。雰囲気が似たような道も多いですからね」

特に、この祇園のあたりは難解です。正直、すべてが同じ道に見えてしまうので、路地を一本でも間違うと、たちまち迷子になってしまいます。

「しかし、そういうところも気に入っています。知らない角を曲がるとき、なんだか楽しみな気分になりませんか」

言いながら横を見ると、小日向さんもうなずいてくださいました。

「わかります。曲がった先で、なにかいいことがありそうで、ちょっとわくわくしますね」

まっすぐな道を進みながら、その果てに角を見つけるたび、ほんの少し先の未来に期待が持てるマス目状の土地。歩いているだけでポジティブな気分になれるこの町を、ゴンスは心から愛しています。京都には、素敵な角がたくさんあるので、素敵なことが起こりやすいのです。

『ビボう四、角　お　まがレバ　いいこと　が　アル』

ゴンスはこの発見を、自分のビボう六の中で、一番といってもよいほど気に入っています。

やがて左手に、クラシカルな外観の劇場が現れます。ちょうど公演中のようでした。華やかなロビーから、明るい光が漏れています。

その角を左に曲がって、細い路地に入ります。左右に立ち並ぶ建物はどれもこれもみな彩度が低く、壁の汚れや地面のひびに、この土地が経験してきた歴史を生々しく見て取ることができます。それは、たとえば客向けに、きちんと体裁を整えた綺麗な観光名所とはやや趣の異なる「歴史」。実際にこの路地が、建物の壁やかたい大地が、その肌の表面で直にふれてきた長い時間のリアルな痕跡です。ここにある情調こそ、まさしく祇園の体温なのだと、ゴンスはそう感じています。

何メートルか前進して、路地のとある雑居ビルの前で立ち止まります。建物の中にはさまざまな店舗が入っていて、そのうちの一つが、ゴンスの行きつけのお店です。

「足元にお気を付けて」

小日向さんを促しながら、古くて狭いエレベーターに乗ります。目的のお店は四階。ボタンを押すと、分厚い扉が無機質にスライドして閉じました。

「こういうお店に来るのは、おそらくはじめてだと思います」

小日向さんは、わずかに緊張しているようでした。たしかに、その気持ちはゴンスにもなんとなくわかります。祇園にあるお店はどれも、自分以外の誰かに向けられた親密さのようなものを醸し出している気がするのです。きっと優しい場所なのだろうけれど、そのぬくもりはいつも決まって、自分ではない他の誰かのためのもののような感じがします。どこかよそよそしい空気、なんとなくわかる疎外感。もちろん、自分が勝手に感じ取ってしまっているだけなのかもしれませんが。しかし、一つでも行きつけのお店ができてしまえば、そこはとても安らげる場所になります。これから行くお店もとても素敵な場所なので、小日向さんもきっと気に入ってくれると思います。

エレベーターが四階に着きました。先に小日向さんに降りてもらって、続いてゴンスもフロアに降り立ちます。

「こちらです」

降りてすぐ右手に木のドアがあって、そこに、店名を記したプレートが下がっています。

「ごめんください」

重たいドアを前に押し開けて、ゴンスはお店の中に入ります。小日向さんは後ろから、おそるおそる、といった様子でついてきました。

「あら、いらっしゃい」

高音の美しい声。ママの妖狐《ようこ》さんです。どうやらお客は他に誰もいないらしく、三つだけのボックス席は、すべてあいていました。

「お久しぶりじゃない。会えて嬉しいわ」

妖狐さんの明るい声、屈託のない笑顔。この人に出迎えられると、たちまち、また次も来たいなあと早くも思ってしまうのです。こういうお店の中毒性は、入った瞬間の華やかなよろこびから精製されていくのだと、ゴンスはそう考えます。

「この子は？」

妖狐さんにたずねられて、ゴンスは小日向さんを紹介します。

「小日向さんです。昨日、京都に来たばかりの方です」

「小日向です。はじめまして」

「はじめまして。可愛らしい方」

人懐っこい笑顔で迎えられて、小日向さんの緊張も少しやわらいだようでした。妖狐さんに促されて、ゴンスと小日向さんは、一番奥のボックス席に並んで座りました。

「昨日も坊主だったのよ。来てくれて助かったわあ」

坊主とは、お客さんが誰も来ない状態のことをいうそうです。ゴンスは客商売を経験したことがありませんから、妖狐さんに教わってはじめて知りました。このお店では、いつもおもしろいことを教えてもらえます。

「カクテルでいいの？」

妖狐さんが、キッチンで支度をしながら声をかけてきました。

「小日向さん、ほんの少しアルコール、飲めますか？」

「はい。あまり強くないですが、好きです」

ではそれでお願いします、と妖狐さんにうなずきます。

小日向さんは、お酒は強くないけれど、カクテルなら飲める。また一つ、とても綺麗な宝石を手に入れられたような気分になって、ゴンスの気持ちはたしかに昂ります。小日向さんに関する情報を得られると、都度、あまりにも嬉しいのです。宝石を一つしまうたび、胸の中の重要な宝箱は、順に満たされて重たくなります。ときどき一個ずつ取り出して、光にかざして眺めるたびに、甘酸っぱいときめきが新鮮によみがえるのでたまりません。絶対にどれもなくしたくないので、箱にはしっかり鍵をかけておきます。

「お待たせ」

言いながら、妖狐さんは、ゴンスと小日向さんの前に、オレンジ色のカクテルを一杯ずつ置いてくださいました。さっそく一口飲んでみると、おおむねオレンジジュースの味です。アルコールはほとんど感じません。このくらいがちょうどいい。やっぱり、妖狐さんはお酒を作るのがとても上手です。

『ビボう五、のみ杉　は　ぜつたい　二　×』

ゴンスはかつて、このお店でなぜか調子に乗って、あまりにもたくさん飲みすぎてしまい、なんと五日間も寝込んだことがあります。それは本当につらい経験でした。あの夜の失態を深く反省し、いまは、アルコールはたしなむ程度。いい気になって飲みすぎないよう、いつも気を付けているのです。

「それから、これ。花火。もう八月も終わっちゃうから、がんがん遊ばないと」

そう言って、妖狐さんは、花火の束をテーブルに乗せました。もっとも、妖狐さんが火遊びをするのに、季節はあまり関係ありません。

「花火？」

戸惑った様子の小日向さんに、ゴンスは説明します。

「このお店では、いろいろおしゃべりしながら、花火を楽しむことができます。素敵な花火がたくさんありますよ」

妖狐さんは、火遊びが大好きな妖怪です。ここでは、妖狐さんが各地から取り寄せた、選りすぐりの花火をいろいろと試させてもらえます。

「ほらほら、どんどんやって。お嬢さんも」

ゴンスと小日向さんは、さっそく、それぞれに手持ち花火を渡されました。対面に座った妖狐さんが、その人差し指を自分の口元にあてます。彼女の唇は魔性。指先で軽く擦《す》った途端、赤く塗られた長い爪の先に、小さな炎がつきました。ちょうどマッチの要領です。そのまま花火の先端に着火して、やがて、ポップな火花が散りはじめました。妖狐さんは、あらゆるものに火をつけるのが得意な妖怪なのです。

「妖狐さん、今日は、おたずねしたいことがあってうかがったんです」

綺麗な花火を眺めながら、ゴンスはさっそく切り出しました。

「なんでも聞いてちょうだい」

妖狐さんは、自分の花火にも火をつけたところでした。ボ、と火が吹き出た瞬間、彼女の目はぎらりと鋭く光ります。なにかが燃えるのを眺めるのが、たまらないほどお好きなのだそうです。

「小日向さんは昨日の夜、二条城の生け垣の内側に倒れていたのですが、目覚める前の記憶がなにもないそうなんです。ただ、白いかえるのイメージだけが、うっすら頭に残っていると」

小日向さんと目を合わせると、彼女は小さくうなずきました。やはり、これ以上の進展はいまだにありません。

「それで、その白いかえるを探すことにしたんですが、手がかりがなくて。妖狐さん、京都に、白いかえるっているんでしょうか」

妖狐さんの手持ち花火は、一瞬で激しく燃えたのち、あっというまに消えてしまいました。彼女はそれを、しっぽで手早く鎮火します。妖狐さんのしっぽは、先が九つに分かれていて、その用途はとても広いのです。

「なるほどねえ」

ゴンスと小日向さんの花火も、ほとんど同時に消えました。妖狐さんは、それも素早く回収し、しっぽで器用に火を消しました。

「京都でかえるといえば、思い当たるのは、高山寺のかえるくらいかねえ」

高山寺。言われてみれば、鳥獣戯画のかえるは墨絵ですから、そういう意味では白色です。たしかに、それは思いつきませんでした。

「小日向さん、どうですか？」

聞いてみましたが、小日向さんは、曖昧に首を傾《かし》げるだけでした。

「……高山寺、というのは、どちらでしょうか」

遠慮がちにたずねます。もちろん、昨日京都に来たばかりですから、知らなくて当然です。

「栂尾《とがのお》の山奥にあるお寺です。鳥獣戯画という絵巻物が置いてあります。有名な墨絵で、うさぎとかえるの絵が描かれているんですよ」

「へえ……」

しかし、それもあまりぴんときていないようでした。やはり、白いかえるは、鳥獣戯画とはあまり関係がないのかもしれません。

妖狐さんもそれを察したらしく、しばらく消えた花火を持ったまま、考え込んで首をひねります。

「うーん……でも、他には思い当たらないなあ。ごめんね」

「いえいえ。ありがとうございます」

小日向さんがお礼を言うと、妖狐さんは、申し訳なさそうに眉を下げました。

「ああ、でもそういえば昨日、二条城のちょっとした噂を聞いたよ」

やっぱり、妖狐さんはさすがです。京都についての新鮮な情報を、いろいろとご存じなのです。

妖狐さんは、また指先で唇をなぞり、自分の爪に火をつけて、それをろうそくにうつし、テーブルの真ん中に設置しながら言いました。

「昨日の夜、久々に鵺が出たんだって。二条城の上を、鳴きながら飛んでいたんだって」

「へえ」

それは興味深いお話です。鵺も、たしか平家物語に登場していたような気がします。遥か昔、二条城の上を飛んでいたという伝説の鳥です。

「しかし、鵺は殺されたのではなかったですか。鳴き声が不気味だとかで」

「それが、平家物語をよく読むと、結末は実は違うんだよ。頼政の弓矢に射られて落ちてきたのは、『頭が猿、胴体は狸、手足が虎で、鳴き声が鵺に似た化け物』って書いてあるの。つまり、死んだのは鵺ではないんだって。鳴き声が鵺によく似た、別の生き物だって」

妖狐さんは、声を潜めて言いました。

「だから本当の鵺はまだ、きっといまも、どこかで生きているんだよ」

ゴンスはたいへん驚きました。鵺の物語の真相がそのようなものだったとは、ちっとも知りませんでした。「鵺」として広く知られている生き物が、実は鵺ではなかったなんて。やはり、古典をきちんと読むことは重要なことのようです。小日向さんを見ると、真剣な表情で、ビボう六にメモをとっていました。

「その鵺が昨日、数百年ぶりに空を飛んでいたっていうのよ。暗いからすがたはよく見えなかったけど、その背中には、まるで天使のような、純白の羽根がついていたんだって」

「羽根ですか」

本当の鵺は、どんなすがたをしているのでしょう。ゴンスには想像もつきませんが、しかし、天使の羽根なんてとても素敵です。いったいどんなふうに羽ばたくのでしょう。

「まあ、聞いた噂はそんなところだね。あまり役に立てなくてごめんね」

そう言いながら、妖狐さんは、ゴンスと小日向さんに、それぞれ一本ずつ、線香花火を配ってくださいました。

すると次の瞬間、音もなく、店中の電気がふっと消えました。たちまちあたりは深い暗闇に包まれて、テーブルの上のろうそくだけが、ゆらゆら揺れながら燃えています。

「あーあ、停電。また下の店だ。今夜は百鬼夜行《ひゃっきやこう》の行進があったから、その打ち上げをしてるんだよ。騒ぎすぎてブレーカーが落ちたにちがいない。ちょっと見てくるね」

妖狐さんは、ため息をつきながら立ち上がりました。自分の指先に火をつけて、そのあかりを頼りに出口まで歩き、お店の外へ出て行かれます。

不思議な静けさが店内を満たしました。真っ暗な空間で、小日向さんと二人きり、並んで座っていると、なんだか急に、気恥ずかしいような、どこかばつが悪いような、そわそわして落ち着かない気分になりました。

手持ちぶさたなので、持っていた線香花火をろうそくに近づけて火をつけました。すると、小日向さんも黙ったまま、自分の線香花火に着火しました。

パチパチパチパチ。パチパチパチパチ。花火が静かにはじけます。しばらく二人で、沈黙したまま、じっとその火の玉を眺めました。

「……白いかえる、やっぱり、わかりませんでしたね」

気まずくなって、とりあえず言ってみたものの、どういうわけか声が出にくいのです。まるで、のどの奥の部品が、たちまち錆《さ》び付いてしまったかのようです。ゴンスは、いきなり緊張しはじめました。この空間では、絶対に間違ったことを言ってはいけないような、なぜだかわからないけれど、そんな気がしたのです。

「そうですね。でも、お話が聞けてよかったです。連れてきていただいて、ありがとうございました」

「いえいえ」

そのまま、再び黙ってしまいます。ゴンスの胸は、わかりやすくどきどきと大きな音をたてはじめました。この鼓動が、小日向さんにも聞こえてしまったらどうしよう。ゴンスは猛烈に焦りました。すぐに止めなければ、と慌てましたが、そんなことはできるはずもなく。音は勝手にボリュームを上げていって、その拍動も巨大化していき、いまにも、心臓ごと体外へごろりと落ちてしまうのではないかとひやひやしました。

「……綺麗ですね」

小日向さんが言いました。暗闇で聞くその声は、いっそう透き通っていて、ガラスを砕いた粒のようにきらきらと美しく、檸檬《れもん》の果汁のように爽やかで、ゴンスの胸の奥底に、意義深く染みわたってゆきました。

線香花火は、なかなか消えませんでした。赤い火の玉はいつまでもあざやかで、細かい火花を激しく散らし、そのたびにぶるぶると震えて、熟れすぎた果実のように膨れ続けます。

「線香花火が落ちたら、そのとき、夏が終わるんだそうです」

「……そうなんですか」

はじめて聞いた話でした。いつもの癖で、ビボう六に書き留めよう、と反射的に考えましたが、しかしすぐに、こんなに寂しい知識は、できれば残しておきたくないなあと思いました。この夏が終わってしまったら、そのまま小日向さんが消えてしまうような、ふとそんな気がしたのです。どうしてそう考えたのか、ゴンスは、自分でもよくわかりませんでした。

「……夏、終わらなければいいですね」

悲しい予感を、できれば現実にしたくなくて、ゴンスは言いました。それは、ゴンスの中では、ほとんど小日向さんへの愛情を伝えるのと同義の言葉でした。そのために、なんだか変に気まずい気分になってしまって、ゴンスは、慌てて付け加えました。

「シネシネが元気に鳴いていて、いい季節ですから」

線香花火は、まだ落ちませんでした。暗闇の中で二つ並んで、豊かにはじけ続ける明るい炎を眺めていると、たとえ、世界中の線香花火が終わってしまったとしても、この、ゴンスと小日向さんの特別な線香花火だけは、いつまでも決して落ちないのではないかと、そんなふうにも思えてきました。否、そうであってほしいと、ゴンスは心から願いました。

「……そうですね。京都の夏は素敵ですから、いつまでも続けばいいですね」

小日向さんがそう返してくれたことが、嬉しくてたまりませんでした。この一瞬を永遠のものにするにはどうすればいいのか、ゴンスは真剣に考えてみましたが、その場では、特にいいアイディアは思いつきませんでした。ただ、明日もあさっても、できれば小日向さんの隣にいたいと、ゴンスは、はっきりとそう祈りました。

「白いかえる、明日はきっと、見つかりますよ」

7　虎

「白いかえるなんか、どこにもいないよね」

努めて明るい声を出す。達也のハンカチにアイロンをかけながら、苦し紛《まぎ》れの話題提起。必死で会話の糸口を探したせいで、内容があまりにくだらない。

達也は返事をしなかった。ベッドの上に寝転がって、無言のままスマホゲームをしている。帰ってきてから、ずっと機嫌が悪い。

達也は結局、『友だちの家に泊まる』と連絡してきてから、そのまま三日間帰ってこなかった。特に喧嘩をしたわけでもないし、なにか怒らせるようなことをしたつもりもない。だから、いったいどうしてなのか、私にはちっともわからなかった。家で達也を待つ間、このままもう、一生会えないのではないかと、不安で、寂しくて仕方なかった。

しつこい女だと思われたくないから、あまり連絡はしないようにした。『帰り、いつごろになりそう？』と一度だけ送ったけれど、ずっと返信がなかったので、それ以上はなにも送らなかった。内心はおかしくなりそうだった。どうして返信くれないの？　いまどこで、誰となにしてるの？　既読すらつけないってなに？　と問いただしたかったし、何度も電話の発信ボタンに親指が伸びたけれど、そんなことで鬱陶しいと思われたくなかったので、必死で沈黙を守った。

「白いうさぎならわかるけどさ。このかえる、本当はいったい何色なんだろうね」

達也のハンカチには、鳥獣戯画がそのままプリントしてある。表情豊かなうさぎとかえるが、楽しそうに相撲をとっていた。いきいきとした絵で、いまにも動き出しそうに見える。しかし、墨絵なので、うさぎとかえるの本当の色はわからない。うさぎはおそらく白色なのではないかと想像できるけれど、かえるの体が白色というのは考えにくい。だからずっと気になっていた。このかえるの本当の色は、いったい何色なんだろう。

「達也さ、ほんとに高山寺でバイトしてるなら、何色か知らないの？　このかえる」

達也は、出会ってすぐのころから、自分は高山寺でアルバイトをしていると言い張っていた。

しかし、私には、それが事実なのかどうかよくわからなかった。あの有名な鳥獣戯画を置いているような由緒正しいお寺が、達也のような、ルーズでちゃらんぽらんな若者を雇うとは、いまひとつ信じがたかった。それに、達也という人は、本当に適当でつかみどころがないので、なにを言っても、すべてが嘘のように聞こえるのだ。

ほんとにバイトしてるのー？　とからかい半分で私がたずねると、達也はいつも、ほんとだよ、なんで疑うの？　と明るく笑う。それが恒例のやりとりだったけれど、今日の達也は、相変わらず黙りこくっていた。明確な意図を持って、私を完全に無視している。

六畳一間の小さな部屋が、張り詰めた緊迫感で少しずつ膨らんでいく。いつ割れてはじけてもおかしくない巨大風船の中みたいな空間。緊張して息が苦しい。達也は明らかに怒っている。でも、それがどうしてなのかはやっぱりわからない。焦りと恐怖でじりじりと身が焦げる。生殺し。こういうときにはいつも、私が先に耐えきれなくなる。

「……帰ってこない間、どこに行ってたの？」

声が震える。もう我慢できなかった。達也にないがしろにされることにも、この部屋に満ちた一触即発の空気にも。怖いけど、でも、別にめちゃくちゃになったっていい。というか、早くめちゃくちゃにしてほしい。達也の手で、足で、この不透明でどっちつかずな気味悪い現状を、とにかく打ち破ってほしかった。

「……は？」

かぎりなく不機嫌で冷たい声。ひんやりしたナイフの刃先を、首の裏にあてられたようなおぞましい冷感。やっぱり恐ろしい。これからきっと殺される。怖い。怖い、誰か助けて。後頭部がじわじわと苦くなる。昔のことを思い出した。私の頭の後ろには、祖母の機嫌を損ねたときだけ破裂する神経の束がかよっていて、いま、その同じ場所が徐々に渋く、痛くなっていく。身体が、これから始まる危機を感知している。恐怖のメーターが振り切れて、そのまま頭蓋骨にひびが入り出す。

「別に、おまえに報告する義務とかないけど」

達也がゆっくりと立ち上がった。手に持っていたスマホを無造作に放り投げる。買い換えたばかりの最新のiPhoneが、容赦なく床に叩き付けられて、ごとん、と鈍い音を立てた。

「俺がどこに行ってたか、知りたいの?」

今度は妙に柔らかい声。いよいよ本当に危ない。目の前にあるアイロンのスイッチを切ろうとしたけれど、指が震えてうまくいかない。達也が少しずつ近づいてくる。恐ろしい。でも絶対に逃げられない。ここで制裁を受ける。決まり切った運命だけがある。まるで腰から太い根が生えたみたいに、私はその場に座り込んだまま、きっともう二度と動けない。

「じゃあ、どうして一回しか連絡してこなかったんだよ」

達也が私の胸ぐらを掴む。そびえ立つ巨大な影。その顔を一瞬だけ見上げる。鬼の形相をしていた。途端に思考が停止する。頭の中はからっぽになって、なぜか唐突に、いつかTikTokで見た、サンリオピューロランドのキャラクターパレードが脳内で行進を始める。

「おまえのそういうところが無理なんだよ」

語尾にとてつもない熱がこもって、そのままの勢いで、達也は私の頬に平手打ちする。一回目。強烈なショックが激しく轟《とどろ》く。衝撃で頭が揺れると同時に、耳から勢いよく、ごろん、ごろんと、なにかが床に落ちた音がした。反射で涙が出たのでよく見えないけど、それはおそらく、パレードに参列していたマイメロディとキティちゃん。私の大切なファンタジー。

「いい子ぶってんじゃねえよ」

二回目。三回目。痛い。しかし同時に、叩かれているという事実が、わずかな快感を帯びはじめる。怖くてぼろぼろ泣きながらも、徐々に頭が冷静にさめていく。プロテーゼを入れている鼻にダメージが行くと困るので、衝撃をうまく逃がすように、顔の角度を調節する。

「なんで泣いてんの？」

四回目。五回目。どうして泣いてしまうんだろう。自分でも全然わからない。叩かれているとき、私の脳内は本当にぐちゃぐちゃで、ひたすら混沌としている。痛くて、怖くて、だけど同時に、嬉しくて、すがすがしい。ようやく自分が、正しい扱いを受けられた、と思う。ゴミがゴミのように扱われること、叩かれるべき人間が叩かれまくること、とても正当なことに思われて、なんだかほっとする。常に頼りなく流動し続ける自分の中身が、このときだけきちんと凝固することの安心感。昔のことも思い出す。祖母の凶暴な右手。暴力を振るわれることは、愛されることに繋がっている。だからやっぱり嬉しい。この時間だけは、たしかに生きている、とどうしても実感してしまう。

「きっしょいな」

吐き捨てながら、達也は私を突き飛ばした。アイロン台が倒れる音がする。腹を守るためにうつぶせになり、亀みたいに丸まった。そのまま何回か蹴られる。五回目。五回目。五回目。永遠に六には到達しない。幼いころからの謎。

五回目が何度でも続くかぎり、私は、そのままここで泣いていればいい。なにも考えられなくていい。大人になれなくていい。正しさも常識も知らなくていい。じっと丸まって、怖がって泣く子供のままでいても許される。叩かれているときの私は可愛い。怯える小さなうさぎ。どこにでもあるしょうもない不幸に打ち震えて、思考を止めて、ただ泣いて。悲劇のヒロインぶっているときだけ、私もようやく、あこがれの可愛い女の子になれる。

どうしてもいらだちを抑えられない達也は、本棚を思い切り蹴飛ばし、テレビのリモコンを床に叩き付けた。裏のカバーが外れて、電池がごろごろ転がっていく。命の危機を感じる騒音。恐ろしい。しかし同時に、いよいよ終わりが近いと本能で感じて、それはどうしても好ましい。

死に近いものは無条件に可愛い。

　達也の手足は凶暴な虎。そしてそれは、私の身体の代替でもある。自分で自分を壊せないかわりに、達也がなにもかも破壊してくれる。思い切り叩いて、蹴飛ばして、生きているって理解するための痛みを得る。ぼこぼこにされることによって、自分自身の輪郭をたしかめる。いつもはおぼろげであやふやなアイデンティティが、傷付いているときだけはきちんとわかる。実存。自分で自分のかたちを理解できると嬉しい。だからこの恋はやめられません。倫理のない怪獣。きっと私もう、頭がおかしいんだと思います。

　さらに身を縮めようと全身をわずかに動かしたとき、すねのあたりでなにかを踏んだ。ずきん、と鋭い痛みが神経をつたい、広がる。踏んだのは、小さな小さな痛い粒。正体は見えない。でもわかるよ。なにを踏んだのか、見なくてもわかる。これは達也が、少し前まで気に入っていて、毎日のようにつけていたピアス。小石のかけらくらいのサイズで、いびつなピラミッド型をした、鉄色の奇妙なアクセサリー。わかるの。達也のこと、この身体で全部わかるよ。痛みを通じて、あなたのことがなんでもわかる。嬉しいよ。だって大好きだから。幸せ。どうしても、どうにもならないくらい。

　そして、突如として沈黙が始まる。ぬるい雨が降り出す直前の気圧を思わせる湿った空気。しばらく、しん、と静かになったのち、やがてすすり泣きが聞こえてくる。達也が泣いている。

この人もまた、愚かで不器用な怪獣なのだ。ひとたびぷちんとキレてしまうと、もういっさい制御が利かなくなる。怒り狂って、暴れまわって、なにもかも傷付けてしまわないと気が済まない。そして、そんな自分に絶望していた。私と同じ。自分自身のろくでもない人生から、いつまでたっても抜け出せない。そういうところに共感できて、どうしても離れがたかった。結局、弱さに恋をしてしまったら負け。あとはただ流れに従順に、無抵抗になびき続けるしかない。

「……ごめん」

泣きながらそっと近寄ってきて、おずおずと背中から抱き付く。つい先ほどまでとは別人みたいな触り方。そして、まるで甘えたい盛りの幼児が母親を求めるように、力のかぎりぎゅっと抱き締めて、声を詰まらせながらひとしきり泣く。

「ごめんね。痛かった?」

骨っぽい手が、私の頭の上に乗る。ガラス細工にふれるみたいに優しい力量。叩いたところをいたわるように、かぎりなくソフトに、慎重に撫《な》でる。その指の表面が肌にふれるたび、致死量のときめきが胸にあふれかえって苦しい。嬉しくて泣きたくなる。

恋なんだけどな。本当に、ただの、あまりにもありふれた恋なんだけどな。私たち、どっちも気が狂っているのかもしれないけど、頭がおかしすぎるのかもしれないって、客観的に見たらきっとかなり異常なんだろうなっていうのもわかってるんだけど、でも、これは恋なんだよな。それ以上でもそれ以下でもなく。達也にふれられたとき、私は本当に、本当に幸せ。

「あのかえる、何色なんだろうね。考えたことなかったなあ」

達也の言葉を聞きながら、ぼんやり視線を動かして、遠くに転がっているアイロンに目をやる。そういえばスイッチを切っていないから危ない。達也のハンカチは、アイロン台からだらしなく剝《は》がれかけていた。この人が本当に高山寺で働いていようが、それとも適当な嘘をついていようが、どっちでもよかった。私のそばにいてくれるなら、全部が嘘でも別にいい。

「一緒に見に行こっか。鳥獣戯画。せっかく京都にいるんだし」

優しく耳元で言われて、うん、と小さくうなずく。顔のまわりの髪の毛が、涙で頬に貼り付いてぱりぱりする。鼻をすすった。泣いているときに鼻水が出る仕組みって、全然可愛くないよなあ。映画でよく見るプリンセスたちは、たとえばとてもつらい目にあって、どれほど大泣きしたとしても、絶対に鼻水は出ないんだよな。鼻水が出ないようにする整形ってないかなあ。もちろん、それよりも先に直したい箇所が多すぎるけど。

「俺の顔さ、ちょっとかえるに似てるでしょ」

後ろから抱かれているから、達也がいまどんな表情をしているのかわからない。でも、普段、スマホに夢中になっているときの達也の間抜けな顔を思い浮かべたら、たしかに、どことなくかえるに似ているような気もする。私がちょっと笑うと、達也も連動するように笑った。その手が私の二の腕をさする。私の愚鈍な身体。中身がからっぽでいつも不安定。自分で自分をめちゃくちゃに壊さないと生きていけないから、そのために定期的に暴れる虎の凶悪な手足。

私の中身はいつも空洞。せいぜいくだらないメルヘンや空想があるだけ。うさぎの不幸はありきたりで、おもしろみのないただの白色。だけど、達也の身体の中には、カラフルな色がたくさん詰まっている。それはたとえば、怒りとか、いらだちとか、焦りとか、恐れとか、悲しみとか。

達也が見せてくれるいろいろな色がとても好き。私は、私自身がなにを思っているのか、もう、さっぱりわからないから、そこにいる達也の色をうかがっているときだけ、生きていることを実感できる。そのことがとてもありがたい。これはそういう、たったそれだけのシンプルな恋。心の中にいろんな色があることは、とても素敵なことだと思う。

8　ソワレ

「グラスの中にいろんな色があって、とっても素敵なんですよ」

妖狐さんのお店からの帰り道、喫茶店に立ち寄ることにしました。せっかく市街地まで出てきたので、ゴンスが京都で一番気に入っている場所へ、小日向さんもお連れしたいと考えたのです。

木屋町にある純喫茶「ソワレ」のゼリーポンチはとても有名です。これは、冷たいサイダーとともに、色とりどりのゼリーを楽しむことができる、夏にぴったりのデザートです。とにかく見た目がカラフルで可愛らしく、ゴンスはそれを食べるたび、いつか、好きな人とここへ来てみたいなあと密かにずっとあこがれていたのです。ですから今日という日は、ゴンスにとって本当に特別でした。

「どんなゼリーなんでしょう。楽しみです」

小日向さんが言いました。ゴンスは、胸を張ってお伝えできます。

「期待していてください。本当に綺麗な食べ物ですから」

夏の夜風を受けながら、四条大橋を渡ります。とめどなく流れる鴨川の水面。やはり、夜の水辺には不思議な魔力があります。小日向さんの隣を歩いているとなぜか、頭の中いっぱいにふわふわのファンタジーが満ちて、鴨川の水は、実は少しだけ甘いのではないかと、そんな空想をしてしまいます。この川の流れはとても特別で、たとえばポエティックだとか、情緒豊かだとかいうあらゆる平凡な賛辞をも軽々と超越してしまうほどの、えもいわれぬ魅力を秘めているのです。京都の恋人たちはみな、まるで同一の運命に導かれるように、次々と鴨川沿いに引き寄せられます。この町におけるすべてのロマンスは、この水源から始まってゆくのかもしれません。

「そうだ、小日向さん」

あまりにも気分がいい晩なので、時が過ぎるのがもったいなくて、ゴンスは、橋の半ばでふと立ち止まりました。

「昨日の天神市での思い出を、ビボう六にかいてみました」

腰の巾着《きんちゃく》から帳面を取り出し、最新のページを開いて見せます。

「こんなふうに。とっても楽しい夜だったので、イラスト付きです。色も塗ってみました」

文字だけでは思い出の素晴らしさを表現しきれないとき、絵日記風に、挿絵もつけることにしています。昨日の絵には、ゴンスと小日向さんが並んで、『ぬ』と『め』を入れ替えながら楽しむ様子を描きました。小日向さんにも絵を見ていただいて、昨夜の楽しいできごとを、また分かち合いたいと思ったのでした。

ところが、小日向さんが着目したのは、思いもよらないところでした。

「ここ、どうして四角いんですか？」

彼女が指さしているのは、夜の外郭をかたどった線でした。

ゴンスは絵を描くとき、まずは大きな箱を描いて、その中に情景を描き込んでいきます。昨晩のイラストも例にもれず、はじめに大きなキューブを一つ描いて夜を表現して、その内側に、ゴンスと小日向さんがいるような構図で作画しています。

「夜の形は、四角いと考えているからです。だってそうでしょう、いまも。世界の面は、上下前後左右、あるいは空と大地と東西南北、ほら、六面。だから、素敵な夜のすがたは、正六面体であらわすことにしているのです。小日向さんは違うのですか？」

たずねると、小日向さんは少し考えて、それから静かに首を振りました。

「わかりません。そうなんですか。そもそも世界の形なんて、考えたことなかったです」

心細げな顔でこちらを見る小日向さん。楽しい世間話のつもりで話しはじめたことなので、ゴンスは少し慌てます。

「いえ、特に正解というものはなくて、あくまで、ゴンスの考えなのです」

こういう哲学的なプロブレムについて、別に正解とか間違いとか、こうあるべきとかいうものはないのです。ただ、ゴンスは、考えごとが好きな怪獣なので、さまざまなことに持論を持っているだけです。誰かに押し付けようという意図はまったくなく、ただ、そういうトークが楽しいのです。

「あくまで自説にすぎないのですが」

ゴンスは続けます。

「昨日お話しした通り、この世界には、特に大切なことが六つあるのだと思います。『ビボう六』という言葉の通り。それで、この世界の形は正六面体。大切な六つの面が集まってはじめて、世界は、安定したキューブ型を保てるというわけです。それがゴンスの考えです」

「……なるほど」

小日向さんは、納得したような、していないような、あいまいな表情でうなずきました。

「だとしたら、大切な六つのことってなんですか？」

「もちろんこれも、ゴンスが自分で勝手に見出したことにすぎないのですが」

ゴンスは、帳面をめくって、これまでに集めた「ビボう」を書き連ねてあるページを見せます。

『ビボう一、ぢブん　から　あい札　お　スル　こと』

『ビボう二、☺　が　大じ』

『ビボう三、おち今だ　あと　二　いいこと　が　起ル』

『ビボう四、角　お　まがレバ　いいこと　が　アル』

『ビボう五、のみ杉　は　ぜつたい　二　×』

小日向さんは、じっくりとそれを眺めていました。思っていたより長い間、それもかなり真剣に読まれているようなので、ゴンスは、少々恥ずかしくなってしまいました。

「おもしろいです。たしかに大事なことばかり」

しかし、ゆるやかに微笑んでそう言ってくださったので、なんだか安心します。別に正解も不正解もありませんが、とはいえ、自分の信条に賛同してもらえるということは嬉しいことです。

「でも、肝心の六つ目は？　ビボう五、までしか書かないのですか」

「ああ、それは」

よくぞ聞いてくれました、とそこはかとなく誇らしい気持ちにもなりつつ、ゴンスは答えます。

「いま、探している最中なのです。六つ目はきっと、とびきり大切なことにちがいないと予想しています。だから本当に楽しみで、毎日、うきうきしながら暮らしているのです」

「へえ……」

ゴンスの帳面から視線を外し、そのまま、ぼんやりと地面を見る小日向さん。

ゴンスは、開いていたページをぱたんと閉じて、元通り巾着にしまいます。

どちらともなく、再び歩きはじめました。長い四条大橋を渡りきるには、あと半分ほど。欄干の向こうには、暗色の鴨川。水は滔々《とうとう》と流れ続けます。

「だけどもし、七つ目の大切なことが見つかったら？」

小日向さんがふいにこちらを向いて、そうたずねました。

唐突に問われて、また、それはこれまでに考えたことのない問題だったので、ゴンスは無意識のまま、再びはたと足を止めてしまいました。

しかし、少し考えてすぐに、「七つ目」という盲点にあったニュー・アイディアに、とてもよろこばしい、明るくポジティブな光が降り注いでいることに気づきます。途端に足取りが軽くなり、るんるん、といったご機嫌な気分が身体のすみずみまでいきわたりました。とても嬉しくなって、またすぐに歩き出します。

「そうしたら、世界の面がもう一つ増えるということになりますね。七面体の世界。六の世界より、きっともっとおもしろくなります。ゴンスの知らない世界ですから、ぜひ見てみたいです。楽しみです」

それは本当に、その通りなのでした。言われてみれば、世界が六面体で終わるとはかぎりません。いつか、七の世界や、またさらに先の世界にも行けるのだろうか？　これは本当に、心躍るテーマでした。また今度、二条城のまわりを散歩するときに、のんびり空想してみることとしましょう。

やがて橋を渡り終え、先斗町《ぽんと》の入り口を横切って、そのまままっすぐ進みます。阪急の駅を過ぎた角で右折。木屋町通を少し進むと、すぐ左手に、喫茶「ソワレ」があります。

「ここです。このお店です」

その店構えを一目見て、小日向さんの顔には、歓喜の色がぱあっと広がりました。

「うわあ、可愛らしい建物ですね」

「そうでしょう。ゴンスの大好きなお店です」

外壁は、深い焦げ茶色で塗装されていて、純喫茶ならではのレトロな重厚感があります。壁には白い鳥や、花びらの彫刻が装飾として施されており、ショーケースには華奢《きゃしゃ》で美しい食器やくだものののレプリカが飾ってあって、非常に愛らしい外観です。店舗全体がやや小作りなので、縮尺がどこかファンタジックで、おとぎの国に迷い込んだかのような錯覚を起こします。

「店内はさらに素晴らしいですよ。行きましょう」

木製の扉を押し開けて、中に入ります。たちまち、いつか深い眠りの夢で見たような、幻の国とそっくり同じ、静謐《せいひつ》な世界観が全身を包み込みました。照明は薄暗く、ブルーのライトが美しくともって、まるで深海にのみ存在する、はてしない安寧のポケットにはまり込んだかのような気分です。

二階席に案内されたので、扉を入ってすぐの狭い階段を上ります。右手は食器棚になっていて、ヨーロッパ製の瀟洒なティーカップがずらりと並べられており、それを眺めているだけでも、あっというまに時間が過ぎてしまいそうです。他にも、階段の途中の壁に埋め込まれた棚には、ガラスでできた天使の像や、琥珀《こはく》色の美しいグラス、名物であるゼリーポンチのサンプルなどが飾られていてたいへん耽美《たんび》的。この小さなスペースを通っただけで、素晴らしい美術館を見物したような満足感があります。

二階フロアの一番奥、窓際の角席に案内されました。小日向さんが壁際を選んで座ったので、ゴンスは、その向かい側に着席しました。

「本当に素敵なお店です。こんな場所があるなんて」

小日向さんは、店内を見渡しながら、うっとりした口調で呟きました。

「ここにいるだけでうきうきしますよね。何度来ても飽きないのです」

革張りの座席はビビッドなグリーンで、焦げ茶を基調とした店内によく映えます。壁際には、ぶどうの木彫刻がぐるりと巡らされていて、フロア全体が豊かな果樹園のようです。その健康的な葉も、のびのびと生い茂る蔦《つた》も、はりのあるつややかな果実も、あまりにみずみずしい生命力に満ちており、たいへんおいしそうなので、思わずぶどうの実を一粒もいで、実際に食べてみたくなってしまいます。

間接照明の青色がぼうっと光って天井を照らし、柔らかい薄闇はロマンチックで、ゴンスは、自分がまるでメロドラマの主人公に生まれ変わったかのような心地がしました。

「いろいろあります。どれにしますか」

縦長のメニューを開き、一ページずつじっくり眺めます。小見出しもそれぞれ文学的で、『珈琲のくつろぎ』、『ジュースでおもてなし』、それに『アイスクリームのハーモニー』など、まるでラブレターの文中にひそむ、甘い暗喩《あんゆ》のような深い趣を感じます。

小日向さんはやはり、看板商品であるゼリーが気になるようでした。『ゼリーの誘惑』というページをじっくり眺め、メニュー名とカラー写真を見比べて、難しい顔で長考しています。ゼリーのデザートだけでも一〇種類近くが取りそろえられていますから、悩むのも無理はありません。

「小日向さん、どれとどれで迷っていらっしゃるのですか」

ゴンスが声をかけると、小日向さんは、ちょっと照れたように笑いました。

「この、ゼリーポンチか、ゼリーポンチフロートか悩んでしまって。ゼリーポンチが名物とうかがいましたから、まずはそれをいただきたいのですが、でも、アイスクリームがのっているほうも魅力的です」

素直に笑う小日向さん。その口角の優美な角度を見ただけで、たちまち心臓がぎゅっと縮みます。肥大化する恋慕《れんぼ》。しかし、この膨らみ続ける気持ちをいったいどう処理していいのか、ゴンスは知りません。とにかく表に出さないように、小日向さんを驚かさないように、平静を装うだけで精一杯です。

「それでは、その二つを頼みましょうか。ゴンスは、どちらも大好きですから」

小日向さんがメニューから目を上げました。上目遣いにこちらを見ます。その瞳の奥に広がる可憐な花畑。もっと近くでのぞいてみたくなって、しかし、そんなことは許されるはずがありません。ゴンスは、自分の唐突な欲求を猛烈に恥じました。慌てて視線を横にそらします。

「いいんですか？」

「も、もちろんです。夏ですから、アイスクリームも味見しましょう。冷たくて、きっとおいしいですよ」

発した途端、ばらばらと空中分解する言葉。単語を一つ口に出すたび、おかしなことを言っていないか、いちいち心配になってしまいます。誰かを好きになるということが、こんなにも複雑な精神活動であったとは。ゴンスは知りませんでした。いつも同時多発的にトラブルが発生し、そのたびにてんてこまいで慌ててしまいます。自分の一挙手一投足が不安になって、小日向さんに変に思われないか、自分はいったいどう思われているのか、そんなことばかりが気にかかります。

「お決まりですか」

シックな制服に身を包んだ店員さんがやってきて、お水をテーブルに置いてから、注文をとってくださいます。ゴンスは、なぜかわずかに緊張しながら、ゼリーポンチと、ゼリーポンチフロートをお願いしました。

店員さんが去ってからも、小日向さんは興味深そうに、絵本のようなメニューを隅々まで熟読していました。それから、お水のコップを興味深そうに眺めます。コップにはモダンな乙女の絵がプリントされていて、細部に至るまで、一つ一つが芸術的なお店です。

ゴンスは、ゼリーの到着を待つ間、どんなお話をしようか必死で考えました。おしゃべりしたいことはいくらでもあるはずでしたが、しかし、どういうわけかなにもないのです。口を開いても、実体のないしゃぼんだまのようなものがぷかぷかと浮かんで飛んでいくだけ。言いたいはずの言葉たちはすべて、急に恥ずかしがってどこかへ隠れてしまったみたいです。

頭の中で、自分のビボう六を慌ててめくりました。たとえば、このお店についての知識とか。きっとなにか、お伝えできることがあるはずです。そういえばそう、店名の「ソワレ」というのは、「ソワレ」というのは――なんとか語で、なんとかという意味なのです。何語でなんという意味だったか、ちっとも思い出せません。これでは意味がありません。ゴンスはあたふたします。どういうわけか、節足の先端にかよう神経がやたら過敏になっている気がして落ち着きません。そわそわして、ずっとどきどきしています。

「これ、入り口でいただいてきました。記念に」

小日向さんは、そんなゴンスの焦燥など、まったくお気づきにならない様子で、ほがらかに言いました。テーブルの上に載せたのは、手のひらサイズのパンフレット。さっそく、一ページ目を開いて読み上げます。

「『ソワレ』というのは、フランス語で、『素敵な夜』という意味だそうです」

そして、ふっと目線を上げて、ゴンスに向かって笑いかけます。

「まさしく今夜のことですね」

そうです、「ソワレ」の意味は、フランス語で、「素敵な夜」。そうなのです、ゴンスも前に来たとき、感動して、ビボう六にメモしておいたのです。などと、そういうことをそのまま口にしてみればいいはずなのに、言葉がうまく出てきません。要するに、非常に照れくさいのです。小日向さんとこうして二人きり、ロマンチックなお店の中で、対面で座っているという事実が。どうしても不慣れなものですから、くすぐったくて、面《おも》はゆくてたまらないのです。

「ここでは、いつまでも夜が続くのですね。とても優しい町だと思います」

小日向さんが言いました。その瞳は穏やかに凪いでいて、ゴンスは、月明かりを浴びて揺れる湖の、神聖な水面を思い浮かべました。

「そうですよ。京都は、永い夜の間に、少しずつ膨らんでいくのです」

そう言いながら、ゴンスはふと、もしかしたら彼女は、昼の社会からやってきたのかもしれないな、と考えました。それはたとえば、この京都の真裏に存在している、概ねいつも昼の京都から。すなわち、小日向さんとゴンスは、本来は正反対の場所で暮らす存在なのかもしれません。

「私は、夜のほうが好きだと思います」

しかしいま、こうしてたしかに心を通わせています。これは運命でしょうか。それとも必然でしょうか？ ゴンスは、甘く溶けていきそうな脳であれこれ考えます。小日向さんがこちらの世界へやってきたのは、終わらない夜にあこがれたからかもしれません。ゴンスは知っています。昼のほうが好きな人もいれば、夜のほうが好きな人だってもちろんいるのです。

「ゴンスも、夜のほうが好きです」

「おんなじですね」

「はい。おんなじです」

ゴンスは怪獣。小日向さんは羽根のある天使です。真逆の存在であるはずなのに、共通点があるなんて。ゴンスは、その小さな欠片を、かけがえのない宝物のように愛おしく思います。この恋に発展する余地があるのかどうか、そんなことすらまったくわからないけれど、こうした素晴らしい感情を知ることができたのは、なにもかも、小日向さんと出会えた奇跡のおかげです。

「……鵺は、どういうふうに鳴くんでしょうか」

小日向さんは、お水のコップをそっと指先でなぞりながら、どこか物憂げに言いました。

「鳴き声が不気味だと、殺されてしまうんですね」

ゴンスは答えに窮しました。たしかに、先ほどのお店でそういうお話がありました。それに昨晩、土蜘蛛のお墓を見に行こうとしたときも、小日向さんはいまと同じような悲しい顔をしていました。「死」ということはどうやら、小日向さんにとって、非常に重要なテーマのようです。

「鵺はきっと、夜が好きだから、それを伝えるために鳴くのかもしれません」

ゴンスは、鵺の鳴き声を聞いたことがありません。それに、鵺を殺そうとする気持ちもわかりません。だから、鵺の気持ちを想像してみます。夜に鳴く鳥。その声になんらかのメッセージが込められているとするならば、それはきっと、夜のありがたさをたたえる歌か、もしくは、この世界への愛着を綴った詩かもしれません。膨らみ続ける京都という町への賛詞を、自分の声に出して、実際に形にしてみたくなったのではないでしょうか。

「……そうですね。京都の夜は、素敵ですからね。そうだといいですね」

小日向さんは微笑んで、なにやら、ビボう六に書き留めました。心なしか、小日向さんの表情は、ずいぶん柔らかくなってきたような気がします。ふと、『りんごあめ』を『りんごあぬ』、と読んだときの小日向さんの表情を思い出しました。あのとき、たしかに笑っていたのに、同時に泣いているように見えたのです。ゴンスはそのことが、すごく、すごく心配でしたから、彼女の涙が、いまこのときだけでも止まっているのなら、それはたいへん嬉しいことだと感じます。

「お待たせしました」

店員さんが、注文したものを運んできてくださいました。ゼリーポンチのお客様、と聞かれたときに、小日向さんが手を上げたので、ゼリーフロートよりもそちらのほうがやや気になっていたのだなあとわかって、そのほんの小さな事実さえ、愛おしく思えてなりません。

「ゼリーフロートです」

ゴンスの前にも、あざやかなデザートが置かれました。

「すごい。本当に綺麗です」

店員さんが去ってすぐ、小日向さんは、いままで聞いた中でもっとも明るい声で言いました。それを聞いた途端、ゴンスの胸は、たちまち陽光のかたまりを浴びたみたいにふっとあたたまって、なぜだか、ふいに涙が出てしまいそうになりました。

小日向さんは、目の前に置かれたゼリーポンチを、しばらくの間、さまざまな角度から眺めました。ゴンスも、同じ順番で、同じ景色を見て、同じ感情になりたくて、自分の分には手をつけないまま、一緒に目で見て楽しみました。

透明なパフェグラスは、清廉なサイダーで満たされていて、その中に、色とりどりのゼリーキューブがぎっしり沈んでいます。指先でつまめるほどの慎ましいサイズで、品行方正な正六面体。どれも夢に見る宝石のように透き通っています。それはたとえば、世界中から選りすぐりの綺麗な光を採集してきて、一つ一つの立体に、永遠にぎゅっと閉じ込めてしまったかのような、あまりに尊く、そしてメルヘンチックな輝き。

スプーンで、カラフルなゼリーキューブを一つずつすくって、その美しい宝石を鑑賞します。遠い国の秘宝である純正なエメラルド、人魚たちが暮らす海の明るい水色、あじさいのせつない魂を煮出してかためたパープル、情熱的に暮れていく夕焼けの赤、クレヨンで描いた日光のように実直でまっすぐなイエロー。ゼリーポンチのグラスの中には、この世界に存在するファンタジーのすべてが詰まっているのかもしれません。

小日向さんの注文したゼリーポンチには、上に飾りの檸檬とキウイ、それからさくらんぼがのっています。ゴンスのほうはゼリーフロートですから、くだもののかわりに、まんまるいアイスクリームが浮かんでいました。

「小日向さん、アイスクリームを、溶ける前にどうぞ。召し上がってください」

「ありがとうございます。いただきます」

小日向さんは、銀のスプーンを伸ばして、白くなめらかなアイスクリームを、ほんの少しだけすくって口に運びました。

「いかがですか」

たずねてみると、小日向さんは、その冷菓をじっくりと吟味しながら、ゆっくり小首を傾げました。

「ミルクの味です。バニラを想像していましたが、もっと優しい風味です」

ゴンスも、ひとさじすくって食べてみます。しかし、甘くておいしい、ということがわかるだけで、それがミルク味なのか、バニラ味なのかは判然としませんでした。ただ、ひんやりした新鮮なよろこびが口の中でマイルドにほどけていって、この恋は、概ねアイスクリームの味に近いと考えました。そういう体感のようなものを、決して忘れてしまいたくないのですが、しかし、どのようにビボう六に書き留めていいのかわかりません。だからゴンスは、ここでいただいた純白のアイスクリームの味を、自分の初恋の味として、この身体でいつまでも覚えておこう、と密かに誓いました。

「ゼリーは、透明な味ですね。これはきっと、自分で、何味を空想してもいいということでしょうか」

ゼリーキューブを味わって、小日向さんが言いました。たしかに。ゴンスは自分の舌に自信がなく、このかぎりなくプレーンで善良な味わいを、いったいなんと表現していいのか、いつも考えあぐねていたのですが、小日向さんの言う通りです。このゼリーはきっと、おのおのに、それぞれが思い描く一番好ましい味わいのものとしていただいてよい食べ物なのです。もっとも、ゼリーキューブにかぎらず、世界を構成する部品はあまねく、もっと自由に、好きなものに置換していいのかもしれません。現実をただの現実と捉えないこと、一つ一つの事象を、自分にとって好ましいモチーフに描き直すこと。それが許される時間だからこそ、夜は素敵なのかもしれません。

小日向さんは、ストローでサイダーをちょっとすすって、それから、再びパンフレットを開きました。

「青い光は、女性が美しく見えるんだそうです」

文面を読み上げて、どこか恥ずかしそうに笑いました。

「どうでしょう。どんなふうに見えますか」

ちょっとおどけたように、明るく弾む声色。結局、白いかえるは見つからなかったけれど、この声が聞けたなら、今日も一緒にいられて本当によかったと、ゴンスは心からそう思いました。

「小日向さんは、どこにいてもお綺麗ですよ。夜はもちろん、きっと昼でも」

ゴンスは、自分やほかの誰かのことを、外見の美しさという基準で考えたことがまるででありませんでした。

しかし、小日向さんの笑った顔は、あまりにも美しいのです。正面から直視するのが難しいほどです。それはきっと、ゴンスが、彼女に恋をしているからなのでしょう。美しいから愛するのではなく、愛しているから、美しいのです。

「……ありがとうございます。嬉しいです」

照れくさそうにはにかんで、テーブルの上に視線を逃がす小日向さん。その頬に、ブルーの純真な光が差して見えました。素敵な夜。この時間が、この恋が、いつまでも永遠に続けばいいのに。夢を叶えるファンタジーを、心の中で密かに紡ぎます。

「もしかすると……」

窓の外にふと目をやりながら、ゴンスは、無意識に小さく呟きました。

「ん？」

小首をかしげ、こちらをじっと見る小日向さん。そのあどけないしぐさが、痛いくらい素敵に見えて、ゴンスは、思わずさっと目を逸らしました。

「いえ、なんでもありません」

「えっ、なんですか？　気になります」

「本当になんでもありませんから。忘れてください」

「どうして？　教えてくださいよ」

そんなことよりも、これほどなめらかに会話できているいまが、感動的なほど嬉しくて、宝物のように大切で、ゴンスは、こらえきれずにはにかんでしまいます。

もしかすると。

「ビボう六」が、六つ目の大切なことが、いま、あなたのおかげで見つかったかも。

ふとそう思ったのですが、同時に、それは直視した途端、儚《はかな》く、幻のように頼りなく、あっけなく消えてしまいそうな予感もしました。それほどまでに尊くて奇跡のような「なにか」でした。

――ビボう六、についてはまた今度、あらためてゆっくり考えてみましょう。

胸の中でそう決めて、あらためて小日向さんに向き直ります。

「白いかえる、明日はきっと見つかりますよ」

彼女を元気づけたくて、ゴンスは言いました。

「大丈夫。いざとなったら、その羽根を開いて、空を飛んで探しに行けるかもしれません」

すると、小日向さんは、驚いたように繰り返しました。

「……羽根？」

そして、自分の背中を確認するように、後ろへぐっと振り返ります。しかし、どうしてもうまく見えないようで、右側から、続いて左側から、そしてまた右側から、交互に何度も身体をねじりました。その様子がおかしくて、ゴンスは、思わず笑ってしまいました。

「小日向さん、ご存じなかったのですか。小日向さんの背中には、天使の羽根がありますよ」

9　天使

「おまえが天使とか、似合わなすぎ」

達也の声を遠くに思い出す。知ってるよ。天使なんか私から一番遠い。なのに、どうしてあんなこと言っちゃったんだろうなあ。恥ずかしくなって、思わず一人で小さな声を漏らす。ついこの間のできごとのはずなのに、そのときの自分自身が、耐えがたいほど気持ち悪い。調子に乗りすぎちゃったのかなあ。決してなにも間違わないように、ずいぶん慎重に恋していたつもりだったんだけどな。

部屋のカーペットに仰向けで寝転がったまま、左手を天井に向かって伸ばす。親指と人差し指の間には、小さな鉄色のピアス。達也の忘れ物。あんなに大切そうにしてたのに、バカだなあ。でもきっともうずっと前から、とっくに飽きちゃってたんだろうな。

蛍光灯のやたらに白い明かりを受けたそれは、つまらない鉄の塊のはずなのに、たまらなく愛おしく見えて、そのことがやるせなく、悲しかった。達也の耳を思い出す。少し前までこのピアスとともにあった、あの少し薄くて冷たい耳たぶ。思い出す。そして、丁寧に反芻した記憶のパーツが、達也の存在をくっきりかたどっていくほどに、その不在が胸に突き付けられるようで、虚しい。なんて、こんなこと考えるからまた眠れなくなる。と、気づいたときにはもう遅い。いつも。

寝返りを打ち、左手でピアスをつまんだまま、右手を本棚に伸ばす。目的の本は特になかったが、とりあえず、一番手近にあった一冊を抜き取った。『新しい数学1』。

この本棚の一番下の段には、中学と高校の教科書が何冊か入れてある。「どういう趣味?」と達也が笑ってくれたことがあり、嬉しかった日のこともよみがえる。実際にはたいした理由もなく、ただ、本棚が埋まっていないのはかっこわるいから、引っ越してきてすぐのころになんとなく入れてみて、それがそのままになっているだけ。

でも、もしかしたら、これは未練か、あるいは執念のようなものかもしれない、とも思う。眠れない長い夜、ときどきこの教科書を開いて読んでしまうから。学校になじめず休みがちだった中学時代や、あのころの勉強の遅れや、そのほか、自分にたりないあらゆる知識と能力を、いまだに取り返そうとしている。いくらなんでももう遅い、いまさらどうにもなるわけないって、自分が一番よく知ってるのに。

当時のクラスメイトたちは、みんな素敵な大人になった。都心で働いたり、海外旅行に行ったり。婚約したり、親孝行したり。それをいまだにインスタでしつこく追い続けてしまうのも、たぶん執着。私だけ一人で戦い続けている。バカみたい。わかっているのに、変われない。いつまでも。

『多面体とは、いくつかの平面で囲まれた立体のことをいいます。その面の数によって、四面体、五面体、六面体……といいます』

適当に開いたページを、適当に読む。

指先で持っていたピアスを手のひらの中央に置いて、いろいろな方向から眺め、面の数を数えてみた。ということは、このピアスは、一、二、三、四、五面体。ちょっと手の角度を変えるだけで、ピアスはころん、ころんと、不安定にあちこちへ転がる。これが五面体。

『多面体のうち、すべての面が合同な正多角形で、どの頂点に集まる面の数も等しく、へこみのないもののことを「正多面体」といいます。正多面体は、正四面体、正六面体、正八面体、正十二面体、正二十面体の五つです』

説明文の下には、それぞれの図もついていた。その中では、「正六面体」と添えられたキューブの形が一番いいと思った。安定して自立する綺麗な形で、踏んでも痛くなさそうだから。

しばらくだらだらと教科書を読んでいたけれど、まったくおもしろくないうえに、眠気がきてくれる気配もなかったので、諦めてぱたんと閉じ、本棚にしまって、だらしない部屋着のまま外に出ることにした。スマホと、ハンカチを一枚だけ持って。

眠れない夜は、二条城のまわりを周回する。

私は散歩をするのが好きで、特に、あまりにも憂鬱《ゆううつ》な夜は、どうあがいてもどうせ眠れないから、できるだけ外に出ることにしている。京都には、魅力的な小道や角がたくさんあるので、ただ歩いているだけでも、とても楽しい町だと思う。しかし一方で、道を覚えるのは致命的に苦手だった。「京都の町は碁盤の目になっているから、わかりやすいよ」と地元の人はみんな言うけれど、この複雑に入り組んだ土地を、どうしてそんなに俯瞰で把握することができるんだろう。もうここで暮らして四年になるのに、通りの名前も、東西南北の方角もさっぱり覚えられない。私にとって京都という場所は、いまだ不可思議で捉えどころがなく、どこか虚構めいた不思議の国。

そういう意味では、二条城の堀のまわりの散歩コースは、単純明快ですごく気に入っていた。四角いお城をぐるりと囲む、正方形のわかりやすい道。四辺をただ歩き、直角の角を素直に曲がるだけ。それさえ繰り返していれば、絶対に道に迷うことはない。そして、この散歩コースには、物理的な終点がないというところもありがたかった。救われるまで好きなだけ、いつまでも歩き続けることができる。

ふと立ち止まり、手に持っていたハンカチを口元に当ててみる。達也がずっと気に入っていた、鳥獣戯画の可愛いハンカチ。そのまま大きく息を吸い込む。スイートローズの柔軟剤。私はそんなに好きじゃないけど、達也が好んでいた香り。そういえばストックがもうない。今度洗濯をするときまでに買い足しに行くべきだけど、ねえ、次も一応、スイートローズを買ってきたほうがいいのかな。それとも、もう変えてしまってもいいですか。

二週間前、達也は忽然《こつぜん》と消えてしまった。

ある夜、いつも通りバイトを終えて帰宅すると、特に前ぶれもなくいなくなっていた。また気まぐれに出かけたのかな、とはじめは軽く考えていたけれど、部屋の中をきちんと見たら、達也の私物がほとんどなくなっていることに気がついた。キャリーケースも消えていたので、ああ、きっともう帰ってこないんだなあとすぐに悟った。

どこへ行ったの。ピアスも、ハンカチも忘れたままで。

いろいろ考えて考えて、考え抜いた挙句に、『なんで?』と一言だけラインを送った。なにを聞いても無駄だとわかっていたし、この期に及んで、少しでもいい女でありたかったから。達也の衝動に、どうしようもない身勝手さに、それでも、理解を示したかった。わかりたかった。わかってあげられるよ、と伝えたかった。

翌々日になってようやく、たった一言だけの返信がきていた。

『ごめん、タイプじゃない』

それ以降、私たちが連絡をとることはなかった。返す言葉はまるで浮かばなかったし、そもそも、達也の側からは、おそらくすでにブロックされているような気がして、メッセージを送ること自体が怖かった。沈黙のまま止まり続けるトークルームは、いつまでも生温かい死体のようで気味悪い。

それに、万が一達也とまたやりとりが復活したところで、これからまたよりを戻せるとはとうてい思えなかった。彼が私に黙って消えた、というのが、この恋の最終的な結論なのだと思う。続きはどこにも存在しない。覆《くつがえ》る可能性は薄いだろうし、これからまた頑張る気力などもうどこにもない。

一人でいると、どうしても反芻してしまう。なにがいけなかったの。どうすればもっと好きになってもらえたの。たとえば私がもっと可愛くて、もっと素直で従順で、天使の羽根も似合うような可憐な女の子だったら、いまでもそばにいてくれたかな。でも、考えても意味がないのはわかっているから、あまり深刻にならないようにする。こういうのは、さっさと諦めてしまうほうが楽なのだ。自分はもともと、誰かに愛されるような人間じゃないってわり切ってしまうほうが簡単。遠く流れていく希望。追いかけたって仕方がないから、ただ立ち尽くしてぼうっと見送る。いつもそうしてきたように、今回もきちんと受け入れる。自分が誰にも必要とされていないこと、そんなわかりきった現実に、いまさらあらためて傷付くほうがバカらしい。私は怪獣。だから仕方ない。はじめから、ずっとわかっていたでしょう。

死んだ脳。有意義なことは一つも閃《ひらめ》かない。まるで亡霊みたいな足取りで、二条城のまわりを何周もする。これでたぶん五周目。もう何度目かの五周目。六以上の数字は数えられない。私の人生に欠けているもの。母親、友だち、思考力、倫理観、愛される力。これで五つ。本当はもっと、まだまだたくさんある。でももう数えない。六以上は何個あったって同じ。不幸の最大値は五。片手の指で数えられる分だけでもう十分。それ以上はないものとする。だって可愛そうな女の子は可愛くない。あまりに不憫《ふびん》だとまともに愛されない。だから、カウントストップ。六以上の不幸せは、そもそも数えないのがルール。

心身ともに疲れ切っていて、頭がちっとも働かなかった。もう何日も眠れていない。ぐったりしているはずなのに、一人で布団に入った途端、不安で、寂しくてたまらなくなる。頭蓋骨の内側で、巨大な風船がどこまでも膨らんでいく。無意味なスペースばかり拡張されていって、その虚ろな空洞が自分でも恐ろしく、いつまでたっても寝付けない。今度はいつ眠れるんだろう。このまま不眠の日々が続けば、やがて眼球がぼとんと落ちて、そのまま絶命してしまいそうな気もする。

ポケットの中からスマホを取り出した。無感情なまま、検索ボックスに『眠れない』と打ち込んでみる。別に解決策を期待しているわけでもなかった。ただ、相談できる人が誰もいないから、脳からあふれてこぼれた不安は、そのまま狭小な検索ボックスに流入するほかに行き場がない。

そのまま検索結果を眺める。『不安で眠れないことは、誰にでもあることです。お布団の中に悩み事を持ち込むのはやめましょう。信頼できる人に打ち明けてみるのが一番です。いっそ布団から出て、今夜だけは眠らないというのも手です』

バカみたい。ホームページの呑気なデザインに吐き気がして、そのままタブごと閉じる。どのアドバイスもあまりに役に立たない。響かないどころの話ではなく、もはや別な国の言語かと思うほどわけがわからない。このサイトが提供してくれる親切な救済の対象外。どうやらまたはじかれた、という事実だけが強烈にわかる。

二条城を眺める。何度見ても、やっぱり信じられないくらい大きい。あまりに荘厳で、もしかして幻覚なんじゃないかと思うほど立派なお城。この城壁が実際にその肌でふれてきたであろう、とてつもなく長い時間を思う。それと比べたら、私の悩みなんて本当に些末でしょうもない。

とか、そういう考え方ができたらいいのになあ。情けない話、よくある健康的な救われ方のシステムにすら上手に乗れない。二条城の大きさと比較したら、ものすごく小さな生きづらさ。でも、たったそれだけのことに毎日、毎日とらわれて、全身をすっかりのみ込まれて、身動きがとれなくなってしまって、にっちもさっちもいかなくて、苦しくて、もう、息をするだけでやっとです。

「ごめん、タイプじゃない」。好きな人にそう言われただけでもう立てなくなる。ごめん。依存しまくっててほんと痛い。わかってるけど変われない。一人ではどうしても立てない。安定しない立体。達也の左耳にいつもくっついていたピアスすらも羨ましいってずっと思ってたよ。あれになりたかった。あの五面体。ごめん。痛いなー。いつまでたっても不安定なまま、どういうわけかまだ生きている。

ふと立ち止まり、お城の堀をぼんやり眺める。暗い水面に、淡い橙色の光が点々と浮かんで揺れていた。夜間は、欄干に設置してあるキューブ型の街灯がともる。そのぼんやりとあたたかいあかりが、堀の水にも映っているのだった。たくさんの光の粒が、行儀よく並んで点線になっている。水流そのものは暗くてまったく見えないけれど、熟れすぎた果実のようなそれぞれの玉が、わずかににじんで震えているから、そこがたしかに水辺だとわかる。暗いときだけ見える幻の宝物。京都の夜は本当に美しい。

あたりはまだ真っ暗だった。夜の闇は優しい。顔が可愛くなくてもばれないし、一人で泣いていても許される。歩きながら泣いていたら変な人。でも、本当は反対で、泣きながら歩いてるんだよな。毎日涙が止まらなくても、それでも、歩き続けるほかに仕方ない。人生はずっとそんな感じ。だから、昼より夜のほうが好き。

きっともうすぐ朝がきてしまう。そのことが、どうしても怖くてたまらない。

人生における難題は五つ。普通の家に生まれて、普通に愛情を注がれて、普通に友だちを作って、普通に恋をして、普通に明るく生きること。全部、あまりにも難しい。一つクリアするだけでも本当にたいへんなのに、可愛い子たちはどうしてみんな、いとも簡単にコンプリートしてしまうんだろう。私はたぶん、どれもことごとく失敗している。

昼の社会には居場所がない。すべてを容赦なく明るみに出して裁きたがる公明正大な日光の下で、常に試されているように感じる。あなたはどんな権限で、なにを理由に、誰に愛されて生きているのですか。健やかなお日さまに尋問されて、昼間はいつもきまりが悪い。

たとえ誰からも愛されなくても、それでも、自分のために生きているって、はっきり言えたらいいのになあ。でも、それが難しすぎるからこその現状なんだよな。この醜い身体が、偏屈で軟弱な精神が、愚鈍な自分という存在そのものが、あまりに憎いのでどうしようもない。死にたいっていうか、死んでほしいんだよな。自分に。おまえに。殺される妄想はなかなか叶わない。ぼんやりしているうちに、また望まない明日がきてしまう。朝がくるのが怖いから、夜に泣き出す不気味な怪獣。

いい加減歩き疲れてきたので、お城のまわりの散歩コースからいったん外れることにした。横断歩道を渡って、すぐ正面に広がる二条公園の敷地に足を踏み入れる。

ここはいかにも平凡な児童公園で、遊具はほんのいくつかしかない。全体にだだっ広い砂地が広がっており、なんだか小学校の校庭を思い出す。

さらさらした砂を踏みながら歩く。深夜の公園には誰もいない。砂の粒がかなり細かいので、気を付けていないとサンダルに入ってしまいそうで、スニーカーを履いてくればよかったかなと少し後悔した。

砂が敷いてあるエリアは比較的開放的で見通しがよく、街灯や信号、隣接するマンションのあかりも入ってきて、夜間のわりには明るかった。しかし、そのゾーンを外れて、ざらざらのコンクリートで舗装された小道を進むと、公園はまた違った表情を見せはじめる。

奥のエリアに足を踏み入れた途端、さまざまな種類の木がうっそうと生い茂り、まわりの光もあまり入らなくなって、暗闇が急に濃くなる。あらゆる虫の声が高らかに響き渡り、この場所に人間がいるのは、かなりイレギュラーなことに思われた。ふと足元に目をやると、夜闇に溶け込んでしまいそうな毛並みの黒猫が、らんらんと光る目でこちらをじっと見つめている。真夜中の公園なんてはじめて来たけれど、一人で来るべきではなかったかもしれない。なんとなく不気味で怖くて、でも、不思議と帰りたいとは思わなかった。

街灯のあかりに照らされているところを選んで、虫がいないのを確認してから、木のベンチに腰掛ける。心細いので、膝の上に達也のハンカチを広げた。

ほとんど手癖でスマホの電源を入れて、だけど別に、どのアプリにも用事がない。こんなに有能な最先端のテクノロジーを以てして、でも、怪獣の落ち込んだ心はまったく救われない。

用もないのにツイッターを開いて、検索ボックスに、死にたい、と打ち込んでみる。これはもはや癖。ネガティブで過激すぎる四文字は、口にしたら嫌われるに決まっている。さすがにそのくらいはわかる。一緒にいる間、達也には一度も言えなかったな。もちろん、言わなくてよかったと思っている。死にたい、と信号を出しさえすれば誰かに助けてもらえる人は特権階級で、残念ながら、自分はそこにいつまでも属せない。

検索結果が表示される。いまこの時間に、自分と同じように『死にたい』と呟いている人たちが大勢いることを確認して安心したかっただけなのに、一番上にでかでかと表示されたのは、自殺防止センターの広告だった。呆れて、ちょっと笑ってしまう。あまりにもずれている。私は社会からずれているし、同時に、社会が私からずれすぎている。

『ひとりで抱え込まないで』。善良な団体の優しいキャッチコピー。アホか。言いたいことはわかるよ。でも、たぶん違うんだよなあ。全然。私にまっとうな倫理観がないから、心に響かないだけなのかもしれないけど。

違うの。ボランティア団体や病院の先生に「死なないで」って言ってほしいんじゃなくて、好きな人に、「ここにいて」って言ってほしいの。明るいところへ無理やり連れ出してほしいんじゃないの。ただ、朝がくるまで横にいてほしいの。

社会になじめないことを、壊れっぱなしであることを、上手に生きられないくせに生き続けていることを、ちゃんと許してもらいたいの。私が私であり続けることを、ただ、この世界に許可してもらいたいだけなんだけどな。

だけど、そういうことは誰にも話すべきでない。だって不憫な女の子は可愛くない。暗すぎる物語は好まれない。わかりやすいハッピーエンドがいいんでしょ。よろこばしい出産、家族の愛情、きらめく青春、健やかな恋愛、道徳の教科書に載っている小綺麗な寓話みたいな救い。全部嘘っぽい。昼の世界が是とするもの、なにもかも現実味がなくてなんだか遠い。社会こそ、私にとってはまるごと虚構。

「おまえが天使とか、似合わなすぎ」

達也はそう言ったけど、でも、本当はそんなことないんだよー。少なくとも、私が空想する世界の中では、私が天使になったっていい。怪獣が恋をしてもいい。取り替える。社会を構成するあらゆる部品を、一つずつ、自分にとって身近なメルヘンに変換していく。この町ごと作り替える。私のための理想郷。願えば生まれる。どのファンタジーにも隣接する、碁盤の目状の有機的なユートピア。

と、そのとき、膝の上にわずかな負荷がかかった。驚いて視線を落とす。真っ白なかえるが、私の太ももの上で元気に飛び跳ねていた。街灯のあかりを頼りによく見てみると、膝に広げた達也のハンカチから、墨絵のかえるが消えている。

ああ、鳥獣戯画のかえるは、本当に白色だったんだ。それは、暗い夜の闇の中でもたしかにはっきりと白かった。思わず見とれてしまうほど、美しい純白の皮膚をしていた。

かえるは唐突に、ぴょん、と飛び跳ねて地面に降りた。そのまま力強く何度も跳ねて、ぐんぐん遠くへ離れていく。私は慌てて追いかける。

このエリアの中央には小高い丘があって、そのまわりを小川が囲んでいる。川と言っても、せいぜい水たまり程度の浅さで、大人がほんの一歩で軽々とまたげてしまうくらい細い。丘の形がかなりいびつなので、小川も迷路のようにじぐざぐと複雑に入り組んでいる。川の上には小さな橋が架けられていたり、飛び石が渡されていたりして、きっと昼間は、子供たちが遊びまわるのに最適な場所なのだと思う。

白いかえるは、この水辺を右へ、左へ交互に跳びながら、公園の奥へと進んでいく。そして、公園の一番奥にあるU字型の浅い池にぴちゃん、と着水し、そこではたと動きを止めた。

U字の真ん中の部分に、しだれ柳が直立していた。丘の頂上に立つ街灯の光が静かに落ちて水面を照らし、公園のその部分だけ、まるで小さな月光を浴びているようで、どこか神聖な気配を帯びている。そばには、なにやら石碑が設置されていて、どうやらここは、公園の中でも特別な場所らしかった。

スマホのライトをつけて、石碑に記されている文章を読んでみる。

『鵜池伝説／『平家物語』によると、』

ぴちゃん。軽い水音がして、ふと目を上げる。白いかえるが、再びジャンプしはじめた。作り物の月光を背中に浴びて、みるみるどこか遠くへ行ってしまう。目で追いかける。でも、あっというまに見失ってしまった。かえるだけではない。達也も。お母さんも、おばあちゃんも。他にも、私がこれまでの人生で獲得できなかった、ありとあらゆる愛情のすべて。遠ざかっていく。待って。待って、みんなどこへ行くの。行かないで、待って。愛して。どうか、私のことも好きになってください。

『平安時代後期、深夜、』

社会のどこにも居場所がない。昼間は怖い。だから、夜に世界を膨らませていく。いつまでも夜でいい。夜がいい。生ぬるいファンタジーの中にいさせて。生き延びるための、理想の世界を空想する。私は天使か、もしくは恋するピュアな怪獣になる。いつまでも永遠に夜が続いて、かぎりなく優しい幻想の京都。ここにいさせて。生きていたいです。寂しくて悲しくて、夜に泣く私は怪獣のすがた。

『天皇の住まいである内裏に、怪しい鳥の鳴き声がし、非常に怯えられた。』

もしかして私ははじめから、死ぬために生まれてきたのでしょうか？　とか、そんな痛いこと言うからまた嫌われちゃう。でも、そういう設定に甘えていたいなあ。不気味な怪獣は、どうしても殺される運命にある。

『そこで弓の名手である源頼政が射落とした怪鳥は、頭は猿、胴は狸、手』

石碑に印字された説明文は、経年劣化で一部だけ剝がれてしまっていて、途中から読むことができない。だから、続きは自分で想像する。

私は幻の怪獣。頭が猿で、胴体が狸で、手足は虎で、それから、背中には天使の羽根がある。

『そのときに血の着いた鏃《やじり》を洗ったのが、この』

そこから先はまた消えている。頭の中でその先を紡ぐ。

鵺池は、鵺の血を洗った場所。遥か昔、この水辺に鵺の血が流れたらしい。だからここには、鵺の存在がまだ残っている。あなたの大切な血。どれだけ長い時間が過ぎても、なくなった命がこの場所にある。なるべく記憶から消えないために、京都の町にひっそりと残る、あなたのための備忘録。

指先を池につけてみる。すると、水にふれたところから順番に、身体がゆっくり透《す》けていく。私はこれから、鵺になる。人間をやめて、幻の生き物になって、あこがれた天使の羽根を広げて、京都の夜を、いつまでも飛びまわることにします。

悲劇的な結末はきっと好まれない。だからかわりに、メルヘンチックなアレゴリー。たとえば、私がもしも死んだら、誰か拝みに来てくれるかしら。祈りを起点に始まるファンタジー。ほのかに甘い期待を胸に、自分の羽根を、はじめてゆっくり羽ばたかせてみる。飛べる。これからはきっと、どこにでも行ける。

私の背中には、羽根がある。

10　二条城

彼女の背中には、羽根があります。

だから、ちょっと飛んでみたくなったのかもしれません。とりあえずいま、たしかなことはそれだけ。小日向さんのすがたが見当たらないという、たったそれだけがわかっています。

その日、ゴンスが目覚めると、小日向さんがいませんでした。アパートの小さな部屋を見渡して、呼びかけて、しかし、返事はありません。ただ、小日向さんが眠っていたはずの布団の枕元に、天使をあしらった帳面が落ちていました。小日向さんのビボう六。

ゴンスはものすごく慌てて、大切なその帳面だけを持ち、アパートを飛び出しました。小日向さん、小日向さん。暗い夜の町で彼女の名前を呼び、近隣を歩きまわりました。小日向さんは、まだこの京都にやってきたばかりですから、きっと道がわかりません。迷子になってしまってはたいへんです。長生きのゴンスですら、京都の地理を把握するのにはかなり苦労しているのですから、小日向さんからしてみればきっと、さらに難解な土地のはずです。たとえ道端の地図を見たって、帰ってこられるかどうかわかりません。心配でたまらなくて、おろおろと近所を捜しまわりました。しかし、あたりはしんとしています。手がかりすら見つかりそうにありません。

動揺して、身体の末端がぶるぶると震え、そしてその拍子に、小日向さんのビボう六を地面に落としてしまいました。屈《かが》んで拾おうとしたとき、帳面の間から、小さな紙切れがはみ出していることに気がつきます。暗くてよく見えませんが、なにやら、手書きの短い文章が綴ってありました。小刻みに揺れる手で拾い上げ、街灯の下まで移動して、その白いあかりを頼りに読んでみます。

『本当にお世話になりました。空からかえるを探してみたいので、これから二条城へ行きます。

京都は楽しかったです。ありがとうございました』

丸みを帯びた丁寧な字。間違いなく、小日向さんの書いた字です。

ゴンスは、その紙切れとビボう六をまるごと抱き締めて、大きく息を吸いました。意識して呼吸しなければ、ショックで心臓が止まってしまいそうでした。身体の表面に小日向さんの書いた字をぎゅっと押しつけて、その真意のすべてを理解したいという願いをこめて、思い切り息を吸いこみます。夏の夜のうす甘い大気が胸に流れ込んできて、体内で、黒色の煙が生まれました。そしてそれはそのまま、はてしなく深い悲しみとなって、闇の彼方へ流れてゆきます。ゴンスは、そのときようやく理解しました。小日向さんは、ゴンスの元を去ってしまったのです。

そのボールペンの筆跡から、ほんのわずかでも小日向さんという存在を感じ取りたくて、何度も、何度も深呼吸を繰り返します。しかし、心は落ち着くどころか、ますます混濁していく一方でした。小日向さんは、昨日はじめて、自分の羽根の存在を知ったようでした。つまり、これまで一度も飛んだことがないのです。それなのに、一人きりで暗い町を飛ぶなんて、あまりに危険に思われます。たとえばもしも雨が降ったら。木に引っかかって羽根に傷がついたら、乱暴な鳥に襲われてしまったら？　考えれば考えるほど、どんどん不安になってきます。

心配でいてもたってもいられなくなり、ゴンスは、夜の町を駆け出しました。小日向さんの元へと急ぐのです。走る、走る、ひたすら。走る。六本の節足を、かつてないほど必死で動かして全力で走ります。二条城へ、はじめて出会ったあの場所へ。やがて心臓が猛烈に熱くなって、ぎしぎしと不快に軋《きし》みました。息をするのもたいへん苦しく、あごが外れそうなほど痛みはじめます。それでも、ゴンスは立ち止まりませんでした。この暗闇の中に、小日向さんが一人でいると思ったら、たまらないほどせつないのです。小日向さんのそばには、ゴンスがいてあげなくてはなりません。京都の町を案内して、二人で並んで歩いて、それからおしゃべりをして、一緒に笑って。いまにもはぐれていきそうな幸福の幻影を追いかけるように、ゴンスはひた走りました。

やがて、ようやく二条城の付近に到着しました。ちょうど、ゴンスが、はじめて小日向さんを見つけた水辺のそばで立ち止まります。全速力で走り続けたので、内臓は体内で千々に乱れ、全身の輪郭がばらばらに砕けそうなほど疲れていました。ぜえぜえと荒い息をしながら、あたりを見渡します。二条城があって、その下には堀があって、水が流れていて、それから草むらがあります。生け垣があって、そして、ゴンスがいる歩道。しかし、そのどこを捜しても、やはり小日向さんは見当たりませんでした。

ゴンスはとりあえず、二条城のまわりを周回することにしました。とても大きなお城ですから、この四辺のどこかには、小日向さんがいるかもしれません。もしくは、上空を飛んでいるのかも。もしも飛んでいたら、大きな声で呼びかけようと思いました。ゴンスが来ましたよと、だからもう、大丈夫ですよと、そう伝えてあげなくてはなりません。ゴンスには羽根がありませんから、空を飛ぶということが、どういう気分になるものなのか、いまひとつ想像できません。しかし、はじめて飛ぶのだから、きっととっても怖いはずです。小日向さんがもし、なにかに怯えているのなら、必ず、ゴンスがすぐ近くにいてあげなくてはなりません。

二条城のまわりを、一周目。しかし、小日向さんらしき人には巡り会えません。焦って、また二周目、速度を速めて三周目。それでもやっぱりいません。四周目、堀も、草むらも、上空の暗闇も、すみずみまでくまなく見渡しましたが、見つかりません。そして、やはり成果のないまま五周目をまわり終えたところで、ゴンスは、はじめて歩みを止めました。

小日向さん。いったい、どこへ行ってしまったのでしょう。背中の羽根を試すのは、ゴンスと一緒のときではいけませんでしたか。どうして一人で飛ぼうとしたのですか。ああ、彼女が部屋を出て行くときに、せめて一声かけてくだされば。そうすれば絶対についていったのに、小日向さんを助けることができたはずなのに。彼女が一人で出かける瞬間、なぜあんなにぐうぐう眠り込んでしまっていたのでしょう。ゴンスは深く後悔しました。のんきに夢まで見て、決して寝ている場合ではなかったのに。

ふと視線を上げると、目の前に横断歩道があって、信号はちょうど青色でした。小日向さんと出会った日のことが、眼前にはっきりとよみがえります。北野天満宮へ渡る青信号、あの爽やかで明るい水色。まるで網膜に直接録画されていたかのように、その瞬間の体感が、全身のあらゆる管を伝って、感情ごとそっくり再現されます。胸一杯に甘酸っぱいよろこびが満ちて、どうしても苦しい。恋が始まる瞬間は、きらきらとポップに輝いて、同時に、やるせなくせつない痛みが全身にのびていくのです。好きになってしまったら、あとはもう、前に進むしかありません。抗いがたい幸福がそこにあるのですから、青信号にしたがって、その足で踏み出すしかないのです。

横断歩道を渡ると、すぐ正面に、二条公園が広がっています。ここへ来るのは、もしかするとはじめてかもしれません。なかなか立ち入る機会のない場所でしたが、もしかしたら、飛ぶのに疲れた小日向さんが、ここで休憩している可能性もあります。夜の公園は少し怖いので、暗闇の中で、一人で心細い思いをしているかもしれません。それはたいへん心配ですから、すぐにゴンスが行ってあげなくては。急ぎ足で、公園の敷地に入ります。

公園の地面には細かい砂が敷かれていて、一歩踏み出すごとに、足の先端が地面に埋もれました。砂地はかなり広く、遊具はほとんどありません。街灯や信号、マンションのあかりも入るので、夜でもあまり暗くなく、比較的見通しはいいようです。できれば、安全そうなこのあたりで、小日向さんが休んでいてくださることを期待しましたが、しかし、やはりすがたは見当たりませんでした。軽く見渡しただけで、不在がすぐにわかってしまって、ゴンスは落胆し、その反動で、ますます不安が募ります。

砂地を外れ、舗装された道を少し進むと、別のエリアに切り替わるらしく、たちまち雰囲気が一変しました。こちらには、背の高い木々がうっそうと生い茂っていて、外部の光もほとんど入らず、数本の街灯が落とす乏しいあかりだけが頼りでした。

中央には小高い丘があり、そのまわりを、浅い小川がぐるりと囲んでいます。川には小さな橋や、飛び石も渡してあって、昼間ならきっと、ちょっとした植物園のように、緑豊かな遊び場として親しまれているのだと思います。しかし、いまはほとんど光もなく、さまざまな虫の声が朗々と響き渡り、あたりを取り囲む自然の重みがいやに不気味で、小日向さんが一人で来るには、あまりに怖い場所だと思います。ふと足元に目をやると、闇と同化しそうに黒い毛並みの猫が、じっとこちらを見つめていました。驚いて、思わず小さな悲鳴をあげてしまいました。怪獣のゴンスですら、かなり恐怖を感じる場所ですから、彼女には、こんなところにいてほしくありません。

小日向さん、小日向さん、と呼びかけながら、暗いエリアをくまなく探します。ベンチの付近、丘の上、小川、橋の陰、東屋《あずまや》にいたるまで。しかし、彼女はどこにもいませんでした。少しだけ安堵しましたが、同時に、これ以上どこを探せばいいのかわからなくて、心配が、徐々に絶望に似た感情へと変わるのを感じました。

街灯があたるベンチを見つけたので、ひとまずそこに腰掛けます。片手に持ったビボう六は、力一杯握りしめていたために、しわしわにくたびれてしまっていました。

小日向さんに会いたい。会いたいです。もう一度会って、あの声を聞いて、できれば笑顔が見たいです。それなのに、なぜかもう叶いません。小日向さん、どこへ行ってしまったのですか。一人で、寂しくないですか。怖いことはありませんか。ゴンスはここにいます。あなたも、ここにいてくれればいいのにと願っています。朝がくるまで横にいたいのに、どうしてあなたはいないのですか。

その面影を求めるように、小日向さんのビボう六を開いてみます。街灯のあかりは頼りなく、しかし、じっと目をこらせば、なんとか書かれた内容を読むことができそうでした。

『天神市へ行って、この帳面を買っていただきました。これからビボう六をつけます』

小日向さんの字。あのとき、天神市の雑貨屋さんで、商品台の上に並んでいたさまざまな表紙を思い出します。ゴンスは、天使の絵が一番可愛らしいと思いました。すると、小日向さんも、ちょうどその帳面を手に取りました。小日向さんとゴンスの感性がそうして重なる瞬間、ゴンスは、たまらないくらい嬉しかったのです。客観的に見たらおそらく小さな、でも、自分にとってはあまりに重要すぎる思い出の数々。どれも大切な宝物ですから、決して忘れてはなりません。

少しずつ暗闇に目が慣れてきました。そのままページをめくります。

『大黒さまにお会いしました。運試しを五回して、すべて失敗してしまいました』

そういえばあのとき、小日向さんは、運試しを五回でやめてしまいました。六回目をやってみてもよかったのに、なぜか諦めてしまいました。小石を運ぶ小日向さんの手。はじめて出会ったときに握手をしたのは、たしか右手だったと思います。その白い手を、ぬくもりを、たしかに体温のかよった五本の指を思い出し、ゴンスは無意識に、自分の右手を宙に伸ばしました。もう一度あの手にふれたい。小日向さんの輪郭をたしかめたい。しかし、願いは叶わないまま、ゴンスの手は、空虚な夜の大気を摑んで、ぐったりとしおれてしまいます。

そしてまた、次のページ。

『祇園で、妖狐さんにお話をうかがいました。めえはまだ、どこかで生きているそうです』

そう、小日向さんの世界では、『わたあめ』は『わたあぬ』、『おめん』は『おぬん』、『かたぬき』は『かためき』でした。だから、『ぬえ』は『めえ』になるのです。合っています。それで正解です。『りんごあぬ』と読み上げたとき、泣きそうな顔で笑った小日向さんを思い出して、ゴンスの胸は、砕けそうなほどせつなくなります。あなたがこの世界を見て、笑っていてくれさえすれば、記号なんて、本当になんだっていいのです。小日向さんは間違っていません。だから、なにも心配することはないのです。

小日向さんが、怖いと感じていたらしい筆の文字。ゴンスの頭の中で、唐突に五十音が広がりました。あいうえお、あいうえお。抱えきれない寂しさで、いまにも壊れてしまいそうな心。突き上げてくる泣きたい気持ちを、なんとか上手にごまかすために、ひらがなを順番に唱えてみます。あいうえお、あいうえお。あいうえお、かきくけこ、さし、す、き、でした。好きでした。あなたのことが、どうしても。

決して口にできなかった二文字。それを形にしてしまうことは、なんだか、絶対に許されない重罪のように思われたのです。それとも、いま、この暗闇に紛れたら許されるでしょうか。好き。このはてしなく広がる情動を、一度だけ音にのせてみたい衝動に駆られて、でも、やっぱり声に出すことはできませんでした。透明で形にならない「好き」。怪獣の叶わない恋はいったい、どこへ消えてしまうのでしょう。

揺れる手の先に力を込めて、さらに次のページをめくります。

『めえが鳴くのは、そこにいたいから、それを伝えるために鳴くのだそうです』

そのとき、遥か上空から、かすかに、美しい高音が聞こえてきました。

ヒョーッ。

ヒョーッ。

ヒョーッ。

高音は少しずつ、はっきりとクリアに響くようになります。まるで横笛の音色を思わせるような、まっすぐに透き通った音。しかし、あまりにも嘘がなく、素直で正直に響き渡るものですから、聞いていると、なんだかもの悲しくて、胸が締め付けられるような気分になります。とても美しいのに、その率直さがせつないのです。

小日向さん、もしかすると鵺は、こういう声で鳴くのでしょうか。

鳴き声の主を捜して、声が聞こえるほうへと歩きます。音は徐々にこちらへ近づいてきているような気がして、その抽象的な手がかりを頼りに、公園の最奥地へとやってきました。

するとそこには、立派なしだれ柳がしゃんと立っていて、その木をぐるりと囲むように、U字の池がありました。柳の背後には丘があって、その頂上に立てられた街灯から、大人しいあかりが白く降り注いでいます。まるでそこだけ、想像上の神聖な月光に照らされているようで、見るからに特別な場所だとわかります。

ヒョーッ。

ヒョーッ。

ヒョーッ。

上空を見上げると、暗い空の遥か高いところに、なにやら、ゆっくりと動く小さな影のようなものが見えました。それは、もしかすると小さな雲の切れ端かもしれないし、夜空の濃淡の一部分だったのかもしれません。しかし、ゴンスはそれを、鵺だと思いました。白く美しい羽根を持つ鵺。天使のような、幻のあなた。

はじめて空を飛んだ気分は、どうですか。怖くないですか。ゴンスはここにいます。ここからあなたを見上げています。

ゴンスと小日向さんは、いまでもちゃんと、同じ夜の中。ここはあたたかい闇で満たされた、安心、安全な正六面体の内側なのです。だから、大丈夫。一緒にいますから。ゴンスが、ついていますから。

ヒョーッ。

ヒョーッ。

ヒョーッ。

小日向さんはもしかして、一人で、泣いているのですか。なにか怖いことや、心配なことがありましたか。誰にも言えないことがあるのなら、その美しい声を響かせて、ゴンスに教えてください。

のびのびと羽ばたくその影は、やはり点ほどの大きさで、姿形は判然とせず、それでも、その優美な飛び方を見ていると、ゴンスの胸の中では、小日向さんの微笑みがおぼろげによみがえります。たまらない糖度のときめきが全身に満ちあふれ、息が苦しい。

ゴンスの両目から、ぼろぼろ、涙があふれ出ました。ゴンスは長生きの怪獣ですが、こうして泣いてしまうのなんて、実にはじめてのことでした。泣く、という動詞の裏には必ず、なにか明確な感情があるものだと思っていましたが、いま、どうしても止まらないこの涙はすなわち、ゴンスという存在そのものにほかなりません。好き、という気持ちが、自分のサイズをすっかり凌駕するくらい膨らんでしまったとき、どうやら、涙が出るらしいのです。ゴンスはその事実を、このとき、はじめて知りました。

あいうえお、あいうえお。みるみるあふれてくる涙を、どうにか抑えようとして、ゴンスは必死に唱えました。あいうえお、あいうえお、あの日のあなたと、まだ少し苦手な文字の練習。あいうえお、あいうえお、あいうえお、かきくけこ、さし、

「好きでした」

その気持ちをはじめて言葉にしたとき、ゴンスはようやく、自分は恋をしていたのだと、そのとき、たしかに彼女と一緒に生きていたのだと知りました。

怪獣の恋は、ここにあります。それ以上でも、それ以下でもなく、ただ、ここにあるのです。だから、あなたにも、ここにいてほしいのです。たったそれだけの単純な祈り。あなたの横で、この町の夜明けを見てみたいのです。

ファンタジックな月光を浴びて、しらしらと輝くU字型の池。その清廉なうるおいに、あな

たの瞳を追憶します。鵺を思って泣いた池だから、ここを、鵺池と呼びましょう。

遥か遠く、あなたの身体。ふれたい。どうしてもその輪郭にふれたい。ゴンスは、夜空に向かって手を伸ばしました。あなたの形にふれて、そこにいる、ということをたしかめたい。それなのに、どうしても届きそうにない節足。あなたにふれることはもう叶いません。

羽根を広げたあなたは鵺。もしくはめえ。りんごあぬを売っていた屋台、そこからきっと見えるでしょうか。祇園方面は見えますすか。朱色の八坂神社が目印です。鴨川は、比較的わかりやすいかもしれません。木屋町の「ソワレ」は覚えていますか。ゼリーキューブのあの輝き、たしかに楽しかったときのこと。あなたの目にはいったい、どんなふうに映っていましたか。

そのとき、どこからともなく、まるで流れ星のように、短い直線が夜空へ放たれたのが見えました。途端に心臓が跳ね上がります。みるみる鵺に近づいていく影。弓矢です。

危ない、と思わず口にしたときにはすでに遅く、優雅に飛んでいたその影に、弓は見事に命中しました。鋭い直線が突き刺さった次の瞬間、鵺の身体はぐらりと傾いて、そのまま、ふらとどこかへ飛んでいきました。

待ってください、行かないで。ゴンスは、無我夢中で追いかけました。ここにゴンスがいます。だから大丈夫です。怖いことはありません、だから、大丈夫ですから、どうかどこにも行かないで。あふれる涙を振り払うように、ゴンスは走りました。鵺の影を追いかけて、二条公園をまっすぐに突っ切り、横断歩道を渡って、二条城まで戻りました。

はてしなく広い空を見上げて、しかし、鵺のすがたはどこにもありません。無我夢中で駆けまわり、堀のまわりを一周して、草むらをのぞき込み、生け垣も丁寧にたしかめて、一生懸命捜しましたが、それでも、どうしても見つかりません。

鵺は、この京都から、すっかり去ってしまった……。

ゴンスは、地面にへなへなと座り込みました。気が遠くなりそうな喪失感が、深い静寂に成り代わり、全身にずっしりとのしかかります。鵺は消えてしまった。頭の中で何度もその現実をたしかめて、それからしばらく、何時間もずっと、遠くの空を見上げていました。小日向さんは、ここにはもういないのです。

やがて、涙がとうとう枯れ果てるころ、ゴンスの頭の中には、一つのくっきりした確信が芽生えはじめます。鵺のすがたは見つからないけれど、それでも、小日向さんはきっと、絶対に大丈夫です。

なぜなら、ゴンスは知っているのです。死んだのは鵺ではない。大黒さまはおっしゃいました。「答えを探すなら、古典に倣うこと」。妖狐さんが教えてくださった平家物語の結末によれば、矢に射抜かれて落ちてきたのは、鵺によく似た怪獣であって、実は鵺ではないのです。だから、小日向さんは大丈夫です。ゴンスは知っています。甘いアイスクリームを味わったとき、テーブルの向こうで微笑んだ彼女の透明な心。あんなに綺麗な宝物は、決して、失われたりはしないのです。

小日向さんが空から見つけたものは、いったいどんなものだったでしょう。もしかして、あの白いかえるかも。あるいは、ビボう七、かもしれません。七面体の世界、もしくは八面、九面、十面体のところ……。どこか新しい別の世界へ、次の素敵な町へ、きっと、旅立たれたのだと思います。

目の前にそびえ立つ、荘厳な二条城をあらためて眺めます。ゴンスの大好きな場所。夜の堀は真っ暗で、そこに流れているはずの水は、濃厚な暗闇を閉じ込めた悠久のゼリー。表面に、さかさまの京都がうっすら映っています。素敵な正六面体の夜。おぼろげな幻想のようなこの町で、あなたと過ごした尊い時間を、ゴンスは、絶対に忘れません。かけがえのない思い出を、一つずつ順番に思い出して、何度も、何度も反芻します。

小日向さん、どうしてあのとき、運試しを五回でやめたのですか。

「失敗の数は、片手の指で数えられる分で十分」。そのときは、はじめて聞いたその教訓をとても新鮮に感じて、なるほど、と納得しかけたのですが、しかし、いま考えてみれば、おそらくそれは間違っています。

なぜなら、ゴンスの胴体からは、六本の足が生えているからです。ゴンスの身体を使えば、六まで数えることができます。五の次は六。五回やって、それでもだめなら、きっと六回目がありますす。もちろん七回目も、八回目だって。今度こそうまくいくかもしれません。幸せになれる可能性。希望を捨ててはいけないのです。大丈夫。次こそきっと、うまくいきます。

欄干に、正六面体の街灯がともっていました。その柔らかく、あたたかい橙色の光が、堀の水面に映っています。熟れた果実のように揺れる明るい玉は、暗いときだけ見える宝物。

線香花火の炎が落ちたら、そのとき、夏が終わるのでしょう。

あなたのことが好きだったから、ここにいないのがとても寂しい。胸がつぶれそうなほど悲しくて、やるせなくてもう、たまりません。それでも、夏はどうしても終わってしまう。このまま時が止まればいいのにと、ゴンスは精一杯、心から強く祈ったけれど、線香花火は落ちました。

だからせめて、永遠に覚えておくために、二条城の堀の水面には、あのときの火の玉を並べておきます。いつまでも、ずーっととっておきます。空の上から、あなたが眺められるように。とめどなく流れ続ける時間。シネシネの鳴く夏はやがて終わって、夜のあとには朝がくるのです。時は止められないけれど、でも、この町はいつまでも、ここにあります。あなたと過ごしたこの夏が、とても楽しかったということ、その微笑みの美しさ。ゴンスは忘れません。京都の町が、ビボう六。この土地が、あなたを覚えています。場所に記憶を残しておきましょう。

私があなたを、あなたが私を、決して忘れてしまわないように。

ゴンスは、いま、ようやくわかりました。ビボう六の、ずっと探していた六つ目。胸の中で帳面を開いて、そこに、丁寧に書き記します。

『ビボう六、あなタ　お　好キ　に　ナレテ　よかつタ』

そのとき、遥か上空から、水色の光が落ちてきました。それは、まるで恋が始まる瞬間のよろこびとせつなさを、絵の具のチューブにしたような、はっきりとわかりやすく、とても示唆的な色でした。水色は、四角い堀の角の部分に音もなく落ちて、その部分だけ、まだ暗い水面がさざめきます。ここから順番に明るくなるようです。

暗色のみなも、そのすぐ上にそびえ立つ、二条城の頑強な城壁。目線を徐々に上げていくと、壁が途切れたところから、木々の枝が無数にのぞいていて、その隙間から、真新しい光がこぼれます。本当に不思議なのですが、ちょうど二条城の上の空だけ、ぼんやりと白くなるのです。

再び堀に目を落とします。やがて、濃厚なゼリーを薄めるように、水色の範囲が広がりはじめました。特別なかすみがすらすらとのびてゆき、その鏡面が磨かれます。堀の水面は、いよいよ壮大なスクリーンになりました。無音のまま空気がみるみる澄んで、同時に、さかさまに映る京都の町が、その色合いをはっきりと宿しはじめます。城壁の石の白やグレー、青々と生い茂る草の豊かな緑、お城のなめらかな肌、そして、その上に続く爽やかな空。

ヒョーッ。

ヒョーッ。

ヒョーッ。

記憶の中で、澄みきった美しい声が遠く聞こえました。鵺は、夜明けを見てから眠るのでしょうか。そうであってほしいと祈ります。とても美しい時間ですから、できればあなたと、同じ景色を見ていたいのです。

ゴンスは再び、二条城のまわりを歩き出しました。まだ薄暗い早朝、ここはあの永い夜の続き。一つ角を曲がるたび、ページをめくるように朝がきます。堀の中の水は銀色。この特別な時間だけ、ファンタジックな鏡になって、そこに、少しだけ先の未来が見えます。ほんのひとときだけ光るこの水面には、まどろみの中であなたが見ている、優しい予知夢が映し出されます。もしかすると京都の朝は、水辺から順に始まってゆくのかもしれません。

ゴンスは、散歩を愛する怪獣です。今日も明日も、巨大なお城のまわりを周回します。あなたにまた会えることを祈って、何度でも角を曲がります。長いまっすぐな道を進んで、次の角を曲がった先で、きっとなにか、素敵なことが起こります。ゴンスは知っています。京都には、角がたくさんあるので、素敵なことが起こりやすいのです。

（完）

佐藤ゆき乃（さとう・ゆきの）

1998年生まれ。岩手県二戸市出身、滝沢市在住。2017年に立命館大学文学部に進学し、在学中は京都市内で過ごす。2022年に、本作（原題「備忘六」）で第3回京都文学賞受賞（一般部門最優秀賞）。2023年に、「ながれる」で岩手・宮城・福島MIRAI文学賞受賞。

ビボう六

2023年11月20日　初版第1刷発行
2023年11月28日　初版第2刷発行

著者　佐藤ゆき乃

発行者　三島邦弘

発行所　ちいさいミシマ社
〒602-0861　京都市上京区新烏丸頭町164-3
電話　075(746)3438 ／ FAX　075(746)3439
e-mail　hatena@mishimasha.com
URL　http://www.mishimasha.com/
振替　00160-1-372976

装丁　名久井直子

装画　西村ツチカ

印刷・製本　株式会社シナノ

組版　有限会社エヴリ・シンク

ISBN　978-4-909394-95-8

ちいさいミシマ社 好評既刊

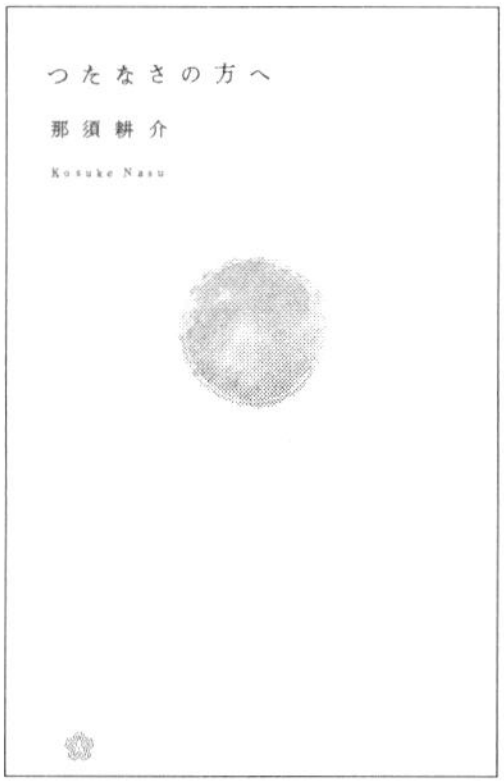

つたなさの方へ

那須耕介

もう一つの小さなものさしを
いつも手元にしのばせておきたい

余計なこと、みにくさ、へり、根拠のない楽観…
法哲学という学問の世界に身を置きながら、
「余白」に宿る可能性を希求しつづけた人が、
余命のなかで静かな熱とともに残した随筆15篇。

ISBN 978-4-909394-73-6　2200円(価格税別)